Linn Ullmann

# Gnade

Linn Ullmann

# Gnade

Roman

Aus dem Norwegischen von
Ina Kronenberger

Droemer

Originaltitel: Nåde
Originalverlag: Oktober Forlaget, Oslo

Die Folie des Schutzumschlags sowie die Einschweißfolie
sind PE-Folien und biologisch abbaubar.
Dieses Buch wurde auf chlor- und säurefreiem Papier gedruckt.

Besuchen Sie uns im Internet:
www.droemer-knaur.de


Umschlaggestaltung: ZERO Werbeagentur, München
Umschlagabbildung: Mauritius
Satz: Ventura Publisher im Verlag
Druck und Bindung: Ebner & Spiegel, Ulm
Printed in Germany
ISBN 3-426-19652-2

2 4 5 3 1

Für Janna Ullmann
(1910-1996)

# I
# Das Fenster

Als ihm der junge Arzt nach einigem Hin und Her die neue Diagnose offenbarte und sich ein wenig halbherzig darüber ausließ, welche Behandlungsmethoden seiner Meinung nach angemessen wären, ohne jedoch zu verheimlichen, dass das Elend meinen Freund Johan Sletten am Ende das Leben kosten würde, schloss Johan die Augen und dachte an Mais Haare.

Der Arzt war ein junger Mann mit hellen Haaren, der nichts dafür konnte, dass er große, veilchenblaue Augen hatte, die einer Frau viel besser zu Gesicht gestanden hätten. Er erwähnte den Tod mit keinem Wort. Das Wort, das er benutzte, war »alarmierend«.

»Johan!«, sagte der Arzt und versuchte, den Blick des anderen einzufangen. »Bitte hören Sie mir zu.«

Johan gefiel diese Verwendung des Vornamens nicht. Außerdem hatte die Stimme des Arztes etwas Schrilles. Es hörte sich an, als hätte er den Stimmbruch nie ganz hinter sich gebracht oder als wäre er als Kind womöglich von den Eltern kastriert worden, die sich eine Zukunft als Eunuch für ihn erhofft hatten, überlegte Johan, der das mit dem Vornamen und dem Nachnamen ansprechen wollte, vor allem im Hinblick auf den Altersunterschied. Der Arzt war jünger als Johans eigener Sohn, mit dem er seit acht Jahren nicht mehr gesprochen hatte. Doch es ging nicht nur um die Erziehung, wenn er meinte, dass jüngere Menschen ältere

Menschen nicht einfach mit dem Vornamen anreden sollten, nein, Johan hatte immer Wert darauf gelegt, eine gewisse Distanz zu wahren. Jegliche Form von Intimität zwischen Fremden – beispielsweise die Unart, sich in sozialen Situationen zu umarmen (oder vielleicht nicht wirklich zu umarmen, sondern lediglich flüchtig die Wange des anderen mit der eigenen zu berühren) – empfand er als unangenehm und im Grunde respektlos. Er zog es, wie gesagt, vor, dass man ihn, wenn man nicht mit ihm verheiratet war, Sletten nannte. Nicht Johan. Sondern Sletten. Und das wollte er dem Arzt gerne sagen, traute sich aber nicht, weil es ihm unklug vorkam, jetzt eine ungute Stimmung zwischen ihnen aufkommen zu lassen. Er wollte den Arzt nicht verärgern. Das könnte den Gesprächsverlauf beeinträchtigen. Der Arzt könnte auf die Idee verfallen, unaussprechliche Dinge über Johans Zustand zu sagen, einfach nur, weil er vergrätzt war und weil er sich nicht gerne über seine Erziehung belehren ließ.

»Ich hatte mir etwas andere Ergebnisse erhofft«, fuhr der Arzt fort.

»Hm«, sagte Johan und gönnte ihm ein Lächeln. »Ich fühle mich ja schon viel besser.«

»Der Körper ist bisweilen tückisch«, flüsterte der Arzt, vielleicht etwas unsicher, ob die Formulierung »tückischer Körper« nicht ein wenig übertrieben war.

»Hm«, sagte Johan noch einmal.

»Ja, also«, sagte der Arzt und wandte sich seinem Computer zu, »wie ich bereits erwähnt habe, besteht ein gewisser Grund zur Sorge.«

Dann folgte ein kurzer Monolog, in dem ihm der Arzt die Ergebnisse und ihre praktischen Konsequenzen darlegte, zum Beispiel, dass eine neue Behandlung notwendig wäre, möglicherweise sogar eine weitere Operation. Gleichzeitig versuchte Johan, der nur gelegentlich zu Wort kam, den Arzt davon zu überzeugen, dass er sich eigentlich besser fühlte, und könnten sie sich nicht wenigstens darauf einigen, dass dies ein *gutes Zeichen* wäre? Auch wenn der Körper, wie gesagt, tückisch sei. Doch als der Arzt am Ende das Wort »Streuung« in den Mund nahm, fast beiläufig, gab Johan es auf, ihn überhaupt noch von irgendetwas überzeugen zu wollen. »Streuung« war so ein Wort, auf das er sein ganzes erwachsenes Leben lang gewartet hatte – er hatte es erwartet, gefürchtet und vorhergesehen. Es gibt keine Veranlassung, nicht einmal nach seinem Tod, zu verheimlichen, dass Johan Sletten ein unverbesserlicher Hypochonder und *Schwarzseher* war und dass sich diese Szene – die Urszene eines Hypochonders – zwischen dem Arzt und ihm in seinem Kopf immer und immer wieder abgespielt hatte, seit er ein junger Mann war. Doch im Gegensatz zu diesen Urszenen, behutsam inszeniert und in seinem Kopf unablässig redigiert, war die reale Szene, das, was tatsächlich passierte, weitaus weniger dramatisch, als Johan es in seiner Fantasie vorhergesehen hatte.

»Streuung?«, fragte Johan.

»Das bedeutet nicht …«, sagte der Arzt.

»Streuung«, sagte Johan.

Und der Arzt wiederholte noch einmal, dass dies

nicht zwangsläufig bedeute, was es in den allermeisten Fällen bedeutete. Das jedenfalls sagte er, wenngleich natürlich nicht mit diesen Worten. Es war ein sympathischer junger Arzt, der Johan von Angesicht zu Angesicht gegenübersaß. Er wollte dem Patienten Zeit geben, die Diagnose zu verdauen, schließlich saß er da und besiegelte gerade das Leben eines anderen Menschen und hatte bestimmt in seinem Medizinstudium auch einmal etwas über Empathie gelernt, dachte Johan.

»Wie lange, meinen Sie, habe ich noch ...«, sagte Johan.

»Dazu meine ich überhaupt nichts«, antwortete der Arzt. »Das ist höchst individuell und wie gesagt, es gibt gute Möglichkeiten.«

»Aber im Schnitt«, unterbrach ihn Johan. »Wie lange kann jemand wie ich leben? Rein statistisch gesehen?«

»Ich finde nicht ...«

Johan unterbrach ihn erneut.

»Wenn nicht ich hier sitzen würde, wenn ich nicht ich wäre, und Sie nicht Sie, wenn wir zwei zufällige Menschen wären, und Sie, der also nicht Sie wäre, darum gebeten würden, sich ganz allgemein zu äußern ... ja, verstehen Sie ... was würden Sie dann sagen?«

»Wie gesagt: Dazu möchte ich am liebsten überhaupt nichts sagen.«

Johan schlug mit der Faust auf den Tisch.

»Zeit, Mann! Geben Sie mir wenigstens eine ehrliche Antwort, geben Sie mir einen Anhaltspunkt. Geben Sie mir eine Zeit! Verstehen Sie?« Johan hielt dem Arzt seine Uhr vors Gesicht. »Ich will eine Zeit haben.«

Der Arzt entzog sich nicht, sondern erwiderte Johans Blick.
»Ein halbes Jahr, vielleicht mehr, vielleicht weniger«, sagte er. Und dann, nach einer Pause: »Aber wie ich schon sagte …« Er sprach den Satz nicht zu Ende.
Es wurde still. Johan sah zu Boden, zupfte an seiner rechten Augenbraue, eine schlechte Angewohnheit, die er seit seiner Kindheit hatte und die seinem Gesicht etwas Schiefes verlieh, da er über dem linken Auge eine buschige Braue hatte und über dem rechten eine gezupfte. Er versuchte herauszufinden, was genau er empfand. Für die Worte des Arztes gab es kein Zurück, aber es waren, wie gesagt, Worte, keine Schläge oder Liebkosungen, und Worte brauchen länger, bis sie wirken. Das wusste er. Er spürte noch keinen Unterschied, er fühlte sich eigentlich ziemlich fit, er fühlte sich bereits seit etwa einer Woche fit, so fit wie schon lange nicht mehr. Nichts hinderte ihn daran, aufzustehen und das Arztzimmer zu verlassen. Er könnte in die Stadt gehen, das Frühlingswetter genießen, vielleicht eine Buchhandlung aufsuchen oder einen Plattenladen, sich etwas kaufen oder einfach ein wenig bummeln und sich umschauen. Kein Mensch hatte das Gespräch mit dem Arzt mit angehört. Es könnte geheim gehalten werden. Und alles wäre wie früher. Es würde ihn aufmuntern, eine Runde durch die Stadt zu drehen, das Arztzimmer kam ihm heiß und stickig vor. Der Arzt roch nach Schweiß, das war Johan sofort aufgefallen, als er das Zimmer betreten hatte.

Er erhob sich und sagte: »Ich bin verwirrt, ich muss jetzt gehen, wir sprechen uns später wieder.«
Der Arzt nickte.
Und dann sagte Johan: »Meine Frau hilft mir dabei. Mai hilft mir.« Und erneut dachte er an Mais Haare, die (und das war das Merkwürdige) glänzten, auch wenn es im Zimmer dunkel war.

Mai war Johans Frau. Seine Frau Nummer zwei.
Seine Frau Nummer eins hieß Alice.
In Stresssituationen wie dieser beim Arzt dachte Johan sowohl an seine Frau Nummer eins als auch an seine Frau Nummer zwei.
Er versuchte, den Gedanken an Mai festzuhalten, aber irgendetwas in ihm zwang ihn, an Alice zu denken.

Johan und Alice heirateten 1957. Damals war Johan fünfundzwanzig und Alice sechsundzwanzig. Zwei Jahre später bekamen sie ihren Sohn Andreas.
Es war eine unglückliche Ehe. Viele Menschen klagen über eine unglückliche Ehe. Viele schreiben über eine unglückliche Ehe. Häufig wird eine unglückliche Ehe damit erklärt, dass zwischen den beiden Eheleuten eine große Stille entstanden sei. Das war jedoch mitnichten Johans und Alices Problem. Zwischen ihnen war nie, in keinster Weise, eine große Stille entstanden. Wäre es nur so gewesen, sagte Johan einmal. Die Ehe zwischen Alice und Johan war sehr laut. Es gab keine Stille.

Wäre Alice nicht – nach zwanzigjährigem Zusammenleben mit ihm – von einem schwarzen Kombi auf dem Frognerveien angefahren, getötet und somit zum Schweigen gebracht worden, hätte er sie selbst angefahren, hatte Johan oft gedacht.
Einmal vor langer Zeit hatte Alice an der Kante eines Anlegers gestanden. Sie konnte nicht schwimmen, hatte es als Kind nie gelernt, hatte sich nie getraut, nachdem zwei gleichaltrige Mädchen sie einmal in einen Tümpel gestoßen und ihren Kopf unter Wasser gehalten hatten, keinen tiefen See, nur Schmelzwasser in einem Graben, bis sie sich mit ungeahnten Kräften befreien konnte und weggerannt war. Und nun stand sie da, auf dem Anleger in der Sonne, eine erwachsene Frau, Johans Frau Nummer eins, und sah blinzelnd zum Himmel.
Er konnte niemals ganz erklären, was ihn dazu getrieben hatte, aber plötzlich legte er ihr die Hand auf den Rücken und stieß sie. Kein leichter Stoß, sondern ein überzeugter Siegerstoß, der den erwarteten Effekt hatte: Alice fiel mit einem Schrei ins Meer. Eher verblüfft als verängstigt, stellte er fest.
Er sprang sofort hinterher und holte sie an Land, unverletzt, aber schreiend.
»Warum hast du das gemacht? Bist du verrückt?«
Abwechselnd weinte sie, schrie und schlug um sich. Das Kleid klebte an ihrem Körper, von ihren Haaren, Wangen und Augen tropfte das Wasser, und den rechten Schuh hatte sie von sich gestrampelt. Sie humpelte über den Anleger, verwirrt und verloren:

Sie sah ein wenig aus wie ein kopfloses Huhn, dachte er mit einem gewissen Vergnügen.
Da stellte sie sich vor ihn hin, ballte eine Hand zur Faust und boxte ihm ins Auge.
»WARUM HAST DU MICH INS WASSER GESTOSSEN, JOHAN?«
»Ich … weiß nicht. Verzeih mir. Ich weiß nicht, was … was über mich gekommen ist.«
Er bedeckte sein Auge mit der Hand. Später wurde es blau, violett und gelb.
Sie ließ nicht locker.
»Warum?«
»Ich weiß nicht, Alice.«
Er versuchte, seine Gedanken zu ordnen, versuchte, sich etwas einfallen zu lassen.
Zum Schluss sagte er: »Ich glaube … ich glaube, ich habe es getan, weil ich dich liebe.«
Sie blieben ganz still stehen und sahen einander an. Er allerdings nur mit einem Auge. Dann bückte sie sich, löste den linken Schuh vom Fuß und warf auch ihn ins Meer. Barfuß verließ sie den Anleger. Johan blieb stehen und sah ihr nach. Als sie sich umdrehte und nach ihm rief, lächelte sie.
Er nannte sie gerne sein *Pferd*. Zum Beispiel, wenn sie sich schwätzend oder schreiend neben ihn aufs Sofa plumpsen ließ. Mit ihrem vollen Gewicht aufs Sofa, auf dem er saß und an nichts Böses dachte, es war, als läge man an einem friedlichen Strand und würde plötzlich von einer dieser großen Wellen überrascht, die ganze Dörfer zerstörten. Oder wenn sie den

Mund aufmachte und lachte und dabei die Schneidezähne entblößte. Es war der Anblick ihrer Schneidezähne, der Johan denken ließ, er sei mit einem Pferd verheiratet. Wenn er bisweilen, was nicht sehr oft geschah, einem wirklichen Pferd begegnete, bat er dieses um Verzeihung. Pferde sind schöne Tiere und haben es wahrlich nicht verdient, mit seiner Frau Nummer eins verglichen zu werden, meinte Johan.
Damals, als sie sich am Anleger umdrehte und ihm zulächelte, erinnerte sie ihn nicht an ein Pferd. Es war nicht nur ihr Lächeln, es war ihr Blick, das Lachen in ihrem Blick und wie sich dieses Lachen in sein Herz bohrte. Da dachte er, und er dachte es wider Willen, dass sie in jedem Fall die schönste Frau der Welt sei.
Aber dann war da noch die Sache mit dem Geld. Sie hatten fast kein Geld. Sie hatte etwas mehr als er. Sie bekam Geld von ihrem Vater, wenn sie welches brauchte. Nicht viel, gerade genug, um ein paar Rechnungen zu begleichen und Nahrungsmittel zu kaufen. Einmal, nachdem sie ein besonderes Essen mit gutem Wein und einem leckeren Dessert zubereitet und verspeist hatten, natürlich vom Geld ihres Vaters, sagte sie plötzlich zu Johan: »Ich habe dich gekauft. Du bist gekauft und bezahlt. Weißt du das?«
Das vergaß er nie.
Als ihr Vater das Zeitliche segnete und Alice 150 000 Kronen erbte, schlug Johan vor, sie sollten sich scheiden lassen. Er sagte: »Andreas und du, ihr kommt jetzt ohne mich zurecht.« Aber sie gab sich ganz sanft und begehrenswert und sagte, Geld bedeutet über-

haupt nichts, Johan. Vergiss das Geld. Vergiss alles. Jetzt leben wir in Saus und Braus. Du sollst alles bekommen, was du willst.
Und dann wurde sie angefahren und starb.
Viele trauerten um Alice. Sie war offensichtlich eine beliebte Frau gewesen, dachte Johan verwundert. Ganz hübsch, wie gesagt. Und jung! Zu jung, um zu sterben, sagten die Leute. Aber das sagt man über alle, die vor einem gewissen Alter sterben. Ist man unter fünfundsiebzig, ist man zu jung, um zu sterben, ist man unter fünfundvierzig, ist es eine Tragödie. Eine große und unbegreifliche Tragödie. Alice war weit unter fünfundsiebzig und nicht sehr viel über fünfundvierzig. Viele gaben Johan die Hand und flüsterten ihm zu, dass Alices Ableben eine große und unbegreifliche Tragödie sei. Und jedes Mal verspürte er den unbändigen Drang zu schreien, nein, das stimmt nicht! Du verstehst nicht! Sie hat mich gequält!

Wer am meisten um sie trauerte, war ihr Sohn Andreas.
In der ersten Zeit nach dem Begräbnis versuchte Johan, sich ihm zu nähern, diesem niedergeschlagenen, pickeligen und fremden Jungen, der ihn Papa nannte. Sie gingen zusammen essen, er besuchte seinen Sohn ein paarmal in seinem Zimmer, sie versuchten es sogar an einem Sonntagnachmittag mit einer Skitour. Und eines Tages über einem Steak mit Sauce béarnaise im Theatercafé sah der Sohn zu seinem Vater auf und sagte:
»Papa!«

Johan nickte. Da war es wieder. Dieses winzige höhnische Lächeln, jedes Mal, wenn sein Sohn das Wort Papa aussprach. Er konnte nicht mit Sicherheit sagen, wer von ihnen beiden zuerst höhnisch gelächelt hatte oder wo sich das Höhnische zum ersten Mal gezeigt hatte, ob es beim Lächeln seines Sohnes gewesen war oder bei seinem eigenen.

»Papa«, wiederholte Andreas.

Johan legte sein Besteck auf den Teller.

»Willst du etwas sagen, Andreas?«

So war es immer. Gespräche über nichts. Der Junge brachte keinen Satz zu Ende.

»Ich weiß nicht«, antwortete Andreas. »Ganz bestimmt will ich es. Ich will etwas sagen. Ich schaffe es nur nicht.«

Als Andreas ein Kind war, war er so schmächtig wie sein Vater.

Der kleine Knabenkörper hatte etwas Durchscheinendes und Zerbrechliches an sich.

Alice hatte einmal gesagt, der Sohn erinnere sie an eine Amöbe. Vielleicht war es das Amöbenhafte an Andreas, weshalb andere Kinder gerne versucht waren, ihn zu verprügeln.

Johan sah es so, dass er nicht viel Glück mit den Menschen gehabt hatte. Jedenfalls nicht, bevor er seine Frau Nummer zwei kennen lernte: Mai. Es war wie in diesem Lied. Sie erinnerte ihn an dieses Lied. Und vielleicht sollte man Lieder und Verliebtheit nicht vermischen? Man weiß selten, was was ist. Und mitunter habe ich mich gefragt, ob dieser Gedanke Johan in den letzten Tagen seines Lebens gekommen ist: dass er im Grunde seine eigene Verliebtheit mit einem Lied verwechselt hat.

*Wer rudert in stürmischer See hierher?*
*Ein Fräulein, Herr Flinck, kommt allein übers Meer!*
*Es bläst, der Nordwestwind brüllt los!*
*Wer ist dieses Fräulein? Sie schlägt wie ein Mann.*
*Es ist Maj von Malö, sie zieht alle in Bann.*
*So hör meinen Walzer bloß.*

Mai und Johan heirateten im Frühjahr 1979, zwei Jahre nach Alices Tod. Damals war Mai dreißig und Johan siebenundvierzig.
Johan käme nie auf die Idee, Mai mit einem Pferd oder mit irgendeinem anderen Tier zu vergleichen. Wenn Johan sie beschreiben sollte, würde er sagen, sie sei seine Gnade.
Einmal vor langer Zeit, als Mai ein junges Mädchen war, wollte sie Konzertpianistin werden. Aber Mais Vater, der Musiker war, sagte, sie solle es lieber lassen. Mai sei nicht begnadet, sagte er. Sie sei *fast* gut genug. Nicht *gut* genug, sondern nur *fast*. Und *fast* war nicht gut genug, weder für Mai noch für Mais Vater. Deshalb gab sie die Musik auf und begann stattdessen, Medizin zu studieren.
Sie spielte noch immer manchmal Klavier. Am liebsten Schumann, aber nur zum Spaß, sagte sie dann, nicht im Ernst.

Mai unterschied häufig zwischen dem, was sie zum Spaß machte, und dem, was sie ernsthaft betrieb.
»Das war nun einmal mein Traum«, sagte sie. »Ich wollte Klavier spielen. Ich hatte kein Talent. Ich war ziemlich gut. Aber ich würde niemals richtig gut werden. Mir fehlte … *das*.«
Mai hob die Hände und fuchtelte mit den Fingern vor dem Gesicht herum.
»Mir fehlte …«
»Die Gnade?«
»Dieses Wort mag ich nicht. Es ist …«
»Du bist meine Gnade. Ich bin begnadet, weil du mich haben willst.«
»Ach was, Johan. Können wir nicht einen Schritt nach dem anderen tun? Und dabei weniger hochtrabende Worte verwenden.«
An einem sonnigen Tag, kurz nachdem sich Mai und Johan kennen gelernt und dieses Gespräch geführt hatten, schoss Johan ein Foto von Mai. Sie sitzt auf einer Bank im Frognerpark. Sie trägt Jeans und eine Hemdbluse und hat die langen blonden Haare in einem Zopf gesammelt.
Damals hatte sie noch eine Ponyfrisur und sah trotz ihrer dreißig Jahre aus, als wäre sie gerade neunzehn geworden, was bisweilen zu mehr oder weniger komischen Szenen an ihrem Arbeitsplatz führte. Mai, die Kinderärztin war, wurde selbst für ein Kind gehalten.
Auf dem Foto ist sie blass, fast ein bisschen fahl im Gesicht, sie hat braune Augen, eine volle Unterlippe

und eine große, krumme Nase. Als sie noch jung war, schämte sie sich für ihre Nase. Aber je älter sie wurde, desto weniger kümmerte es sie. Es kam ihr vor, als würde sich ihr Gesicht zurechtwachsen, sich darauf vorbereiten, eine solche Nase zu tragen, als wäre sie ein wertvolles Schmuckstück.

»Sie trägt ihre Nase mit der gleichen lässigen Weiblichkeit, wie Bette Davis im Film *All About Eve* ihren Nerzmantel trägt«, sagte Johan einmal.

Es verging fast kein Tag, an dem er sich nicht das Foto von Mai anschaute.

Aber er zeigte es niemandem. Nur einmal, strotzend vor Freude darüber, dass diese Frau eingewilligt hatte, mit ihm zu leben und zu schlafen, holte er das Bild hervor und zeigte es seinen drei männlichen Kollegen, die auch seine einzigen drei Freunde waren.

Johan war Journalist bei einer großen norwegischen Zeitung und hatte sich gerade für die Stelle des Feuilletonchefs beworben, ihm war aber ein mäßig gebildeter Literaturenthusiast vorgezogen worden, der in der Redaktion unter dem Namen Klodeckel lief. Der Chefredakteur soll gesagt haben, Johan stünde »unter allzu großer Trauer« über Alices tragischen Tod vor zwei Jahren und sei in keinster Weise in der Lage, einen derart anspruchsvollen und wichtigen Posten wie den des Feuilletonchefs der drittgrößten norwegischen Zeitung auszufüllen. (Der Chefredakteur wusste nicht, dass Alice für Johan nur als Zwangsvorstellung existierte und dass er jetzt Mais wegen in Gnade lebte.)

Doch das war nicht der Punkt.
Was ich erzählen wollte, ist Folgendes.
Johan und seine drei Kollegen, die auch seine einzigen Freunde waren, saßen gerade an einem Cafétisch, tranken Bier und sprachen über eine junge Romandebütantin, die alle für sehr begabt hielten, als Johan plötzlich mit triumphierendem Gesichtsausdruck das Foto von Mai auf den Tisch knallte. Seine drei Kollegen (Ole Torjussen, Geir Hernes und Odd Karlsen – allesamt mittelmäßige Feuilletonjournalisten, auch wenn Ole Torjussen jetzt tot ist), beugten sich über das Bild und sahen es verständnislos an. Sie verstanden es alle falsch. Sie glaubten, Mai sei die Romandebütantin. Wie gesagt, sie sah auf dem Foto sehr jung aus. Und dann sagte Ole Torjussen, oder vielleicht war es Odd Karlsen: »Hübsch ist sie jedenfalls nicht!« Und dann sagte Geir Hernes, der gleichzeitig versuchte, einen Hustenanfall zu unterdrücken: »Ich finde, das Mindeste, was man von unseren Romandebütantinnen verlangen kann, ist, dass sie hübsch sind. Die hässlichen wie diese hier«, er tippte mit einem angeknabberten, zigarettengelben Zeigefingernagel auf Mais Gesicht, »sollten von Geburt an abgelehnt werden.«
Johan nahm das Bild wieder an sich, ihm war heiß im Gesicht und er hatte den plötzlichen Drang, laut loszuheulen, wie damals, als ihm als Kind ein Eimer mit Walderdbeeren in den Bach gefallen war. Doch er blieb ganz ruhig sitzen. Sagte nichts. Weder Ole Torjussen noch Geir Hernes oder Odd Karlsen merkten, dass etwas nicht stimmte, sie hatten alle schon einiges

getrunken. Johan sorgte auch nicht dafür, das Missverständnis aufzuklären. Einen Augenblick später war die Romandebütantin samt dem Bild vergessen. Später überlegte er, dass er hätte sagen sollen: Es ist ihre Art, sich zu bewegen. Er hätte sagen sollen: Wenn sie sich die Haare aus der Stirn streicht, holt sie den Himmel auf die Erde und man kann den Himmel dann unmöglich ziehen lassen.

Wäre er ein Mann, der sich prügelte, dann hätte er sich damals geprügelt. Er wäre aufgestanden, hätte eine Hand zur Faust geballt und Geir Hernes zu Boden geschlagen. Nicht so sehr wegen des Gesagten. Sondern, weil er Mais Gesicht berührt hatte, weil er seinen fetten Finger auf Mais Gesicht gedrückt hatte, so fest, dass das Foto bis zum heutigen Tag von diesem kleinen Fingerabdruck gezeichnet ist. Aber Johan war kein Mann, der sich prügelte. Er prügelte sich nicht mit anderen Männern, er prügelte sich nicht mit seinen zwei Frauen, weder mit der Toten, die er nicht mochte, noch mit der Lebenden, die er mochte, und er prügelte sich auch nicht in den Zeitungsspalten. Als er im Alter von vierundsechzig Jahren pensioniert wurde, hatte er das Gefühl, in seinem Leben fast noch nichts von Bedeutung geschrieben zu haben. Und das war keine Koketterie. Kollegen und Leser hätten ihm voll und ganz zugestimmt.
Vor vielen Jahren hatte er einmal eine Artikelserie geschrieben, die im Kreis der Gelehrten und allseits Respektierten Aufsehen erregt hatte. Es handelte sich

um sechs Artikel – manche nannten sie Essays –, die an sechs aufeinander folgenden Samstagen genüsslich im Feuilleton abgedruckt worden waren. Sämtliche Artikel handelten von William Faulkner: dem Autor, dem Menschen und dem Betrüger. Daneben gelang es ihm, etwas Wesentliches über die amerikanische Literatur und Gesellschaft verglichen mit der norwegischen Literatur und Gesellschaft zu vermitteln. Es war eine hervorragende Arbeit. Die Aufmachung war groß, autoritativ und sorgfältig illustriert mit alten Fotos und Faksimiles, und noch nie hatte er so viel Lob von Menschen bekommen, auf deren Lob er Wert legte. Er wurde von Persönlichkeiten des kulturellen Lebens angerufen, die sagten, er habe nicht nur ein neues Licht auf das Werk William Faulkners geworfen, er habe auch den Standard für literarische Analysen angehoben. Johan Sletten habe schlicht und einfach dank seiner sehr persönlichen und kenntnisreichen Abhandlung über William Faulkners Leben und Lebenswerk etwas über die *Kunst des Lesens* an sich gesagt. Aber das war lange her. Jetzt wurde die Artikelserie von niemandem mehr erwähnt. Niemand unterhielt sich mit ihm über die *Kunst des Lesens*. Bisweilen wurden an der Universität Seminare über William Faulkner organisiert, aber Johan Sletten wurde nicht eingeladen.

Und nun war es vorbei. Nun war es zu Ende. Das Verhältnis zwischen Johan Sletten und den norwegischen Zeitungslesern war Geschichte. Er sollte in den Ruhestand treten.

Obwohl »in den Ruhestand treten« im Übrigen eine nette Art war, es auszudrücken. Er war aufgefordert worden zu gehen. Er hatte ein Angebot erhalten, das er nicht ablehnen konnte. Er wurde entlassen, gefeuert, geschasst, erhielt seinen Abschied auf grauem Papier.

Es hatte damit begonnen, dass er die deutsche Rezension eines kleinen lettischen Romans gelesen hatte. Er war neugierig geworden. Johan war, und das wurde bei seinem Begräbnis nicht zur Genüge betont, ein neugieriger Mensch. Er kaufte sich den Roman in dänischer Übersetzung, las ihn und brach in Tränen aus. Er wollte allen Menschen im Lande Norwegen oder zumindest allen Lesern seiner Zeitung vermitteln, dass sie um jeden Preis in die Buchhandlung eilen und sich diesen Roman kaufen sollten. Er setzte sich hin und fing an zu schreiben, aber die Worte genügten nicht. Sie wirkten klein und zaghaft und nichts sagend, wie jene dummen Fliegen, die sich in den Farben der Wespen kleiden und glauben, sie würden dadurch gefährlicher werden. Es war schrecklich, denn mit jedem Wort, das er schrieb, machte er den Roman, den er preisen wollte, trivialer. Und deshalb tat er etwas, was er noch nie zuvor getan hatte. Er übersetzte die deutsche Besprechung des Romans, versah die Kritik mit seinem eigenen Namen und schickte sie zur Montage. Die Kritik, die in einer kleinen deutschen Literaturzeitschrift mit einer Auflage von eintausendfünfhundert Exemplaren erschienen war, war in jeder Beziehung glänzend. Johan hatte keine Ahnung, wer sie geschrieben hatte. Die Signatur lautete J.I.S. Fast seine eigenen Initialen. Er hatte zwar kein »I« in seinem Namen, aber wen kümmert's? Der Punkt war, dass die Besprechung von J.I.S. genau zum Ausdruck brachte, was Johan bei der Lektüre des Buches empfunden hatte, und J.I.S. vermittelte es, ohne dabei in ... ja, *Gefühlsduselei* zu verfallen, was Johans Meinung nach das Schlimmste war und wovon es schon viel zu viel in der Zeitung gab. Die Besprechung von J.I.S. war witzig und wichtig und siedelte den lettischen Roman exakt in seinem historischen, politischen und emotionalen Kontext an: Sie war zutiefst persönlich und doch allgemein menschlich. Es war in jeder Beziehung die Kritik, die Johan gern selbst geschrieben hätte. Am Tag darauf, um 13.07, mehrere Stunden nachdem ihn Dolores, eine bildhübsche dreiundzwanzigjährige Praktikantin mit einem Hochschulabschluss in Literaturwissenschaft, über den grünen Klee gelobt hatte für das, was sie »den brillantesten Zeitungsartikel des Jahres« nannte, erhielt Johan eine Mail von seinem Chefredakteur, er möge sich möglichst unverzüglich für »einen kleinen Plausch« in seinem Büro einfinden. Ein ganzes Leben lang darauf zu warten, dass genau das geschieht, und dann geschieht es. Die Entlarvung. Dass es vorbei ist, endlich vorbei. Alles. Johan holte tief Luft.

Ein Leser aus Mo i Rana war anscheinend einer der eintausendfünfhundert Menschen dieser Welt, die die deutsche Literaturzeitschrift abonniert hatten, und wahrscheinlich der einzige Mensch in Skandinavien, der wusste, wofür die Initialen J.I.S. standen, wer sich tatsächlich hinter dieser Signatur verbarg. Der Leser aus Mo i Rana hatte das Plagiat sogleich entdeckt und eine erboste und sehr lange Mail an den Chefredakteur geschrieben mit einer Kopie an den Feuilletonchef und an den Leserbriefredakteur. Johan Sletten hatte die Kritik von J.I.S. gestohlen und unter seinem eigenen Namen in der Zeitung veröffentlicht, und das war nach Ansicht des Lesers aus Mo i Rana absolut inakzeptabel. Dies gehörte sich nicht und trug sich in einem Organ zu, das sich Kulturzeitung nannte.

Johan musterte das Gesicht des Chefredakteurs. Er war nicht wütend. Johan würde im Nachhinein sogar sagen, dass er nicht einmal überrascht schien. Der Chefredakteur mochte Johan nicht, und in den Augen des Chefredakteurs hatte Johan nichts Unerwartetes getan.

Das heißt, nein! Jetzt gehe ich zu weit.

Wäre es doch so gewesen, dass er Johan nicht mochte.

Johan war ein Angestellter, den die Firma loswerden wollte, das war alles, etwas Überflüssiges, und insofern kam dieses Plagiat, Johans einziges Plagiat wohlgemerkt (er war kein herausragender Journalist, aber er war nicht unfähig! Er hatte sich bisher immer korrekt verhalten. Auf ihn konnte man sich verlassen) im Verlauf der vierzig Jahre bei der gleichen Zeitung, diese Besprechung eines kleinen lettischen Romans, gestohlen von einer noch kleineren deutschen Literaturzeitschrift – 886 Wörter, 4250 Zeichen, Johans Chefs ziemlich gelegen. Peinlich für die Zeitung, ja, und das versäumte der Chefredakteur nicht, Johan mitzuteilen. Der Leserbriefredakteur war gezwungen gewesen, dem aufgebrachten Leser aus Mo i Rana nahezu eine halbe Stunde lang gut zuzureden. Der Leser aus Mo i Rana wollte seinen Brief nämlich in der Zeitung abgedruckt haben (es sei kein Brief, habe er ins Telefon geschrien, es sei ein Kommentar!) und musste davon überzeugt werden, dass es nicht sehr zweckdienlich war, einen Feuilletonisten, dessen Tage gezählt waren, der ohnehin bald in Ruhestand gehen würde, öffentlich anzuprangern.

Johans letzte Erinnerung an diesen Tag war folgende. Die bildhübsche Praktikantin Dolores weiß nichts. Alle anderen wissen Bescheid. Die Redakteure, die Telefonistinnen, die Sekretärinnen, die Empfangsdame, alle im Archiv, die Journalisten, sogar die vom Sportteil, wissen Bescheid und reden darüber, nur Dolores weiß nichts. Johan geht durch die Flure und alle wissen Bescheid, alle starren ihn an. Es sind Blicke, die er sein ganzes Leben lang vor sich gesehen hat, er kennt diese Blicke, hat schon immer gewusst, dass sie sich eines Tages auf ihn richten würden. Niemand starrt ihn etwa an, weil er ein kontroverser Mann ist. Ein kontroverser Mann begegnet den Blicken anderer Männer und sagt mit seinem eigenen Blick: Ich bin kontrovers. Ich stehe für meine Haltung ein. Aber ein Plagiat ist nicht kontrovers. Für ein Plagiat kann man nicht *einstehen*.

Und wie gesagt, Dolores ist die Einzige, die es noch nicht weiß.

Das dumme, kleine, bildhübsche Mädchen weiß nichts.

Sie steht vor ihm in dem endlosen Korridor. Sie lächelt. Sie wühlt in ihrer Handtasche, einer großen, schwarzen Handtasche, die über ihrer Schulter hängt, holt den kleinen lettischen Roman in dänischer Übersetzung heraus und sagt: »Es kommt nicht sehr oft vor, dass mich eine Besprechung in der *Zeitung* dazu bringt, in die nächste Buchhandlung zu laufen und ein Buch zu kaufen.« Sie flüstert das Wort *Zeitung* mit einer leicht aufgebrachten, verschwörerischen Miene, wie um Johans und ihre gemeinsame Verachtung für das niedrige intellektuelle Niveau der Tageszeitungen zu illustrieren.

»Doch Ihr Text hat mich dazu gebracht«, sagt sie. Sie richtet die braunen Augen auf Johan. »Ihr Text hat mich berührt.«

Gesegnet sei Dolores. Er strich ihr über das Haar. Das hatte er noch nie erlebt. Von einer bildhübschen jungen Frau bewundert zu werden. Es ist nicht vielen Männern vergönnt, von bildhübschen, jungen Frauen bewundert zu werden, die überdies noch Dolores heißen. Doch Johan Sletten hatte das Glück, und einen Moment lang vergaß er die Umstände – ja, zwang er sich, sie zu vergessen. Die bildhübsche junge Dolores bewunderte ihn, und er strich ihr über die Haare, die womöglich noch schöner waren als Mais Haare, und sie ließ ihn gewähren.

Er entkam ihr, bevor sie es erfuhr. Und der Gedanke, sie wieder zu sehen, ihren Blick in diesem Moment, ihren Blick, nachdem sie es erfahren hatte, nachdem jemand sie beiseite genommen und es ihr ins Ohr geflüstert hatte, von Angesicht zu Angesicht. Sein Leben war nie ein Ausbund an Würde gewesen. Aber der Demütigung, Dolores noch einmal von Angesicht zu Angesicht gegenüberzustehen, wollte er sich nicht aussetzen.

Und das war der Grund dafür, dass Johan das Angebot des Chefredakteurs für eine vorzeitige Ruhestandsregelung akzeptierte und seinen Fuß nie wieder in das Gebäude der Zeitung setzte.

Mai war jünger als Johan. Als sie sich kennen lernten, war sie dreißig. Als er starb, war sie dreiundfünfzig.

In den letzten Monaten seines Lebens hatte er ein großes Eitergeschwür auf der linken Wange.

Einmal bat er sie um einen Spiegel und sie holte einen Taschenspiegel aus ihrer Handtasche, den sie ihm hinhielt.

»Ich verstehe nicht, was du in mir siehst«, sagte er daraufhin. »Ich bin hässlich und alt und werde bald sterben.«

»Aber du bist nun einmal mein Johan, und ich habe dich lieb«, sagte sie.

Oft dachte Johan, Mai sei seine Gnade. Sie war seine Gnade, und er war ihre Bürde. *Du bist nun einmal mein Johan.* Ein Kind hätte ihre gemeinsame Bürde sein können, aber sie wollte das Kind nicht haben. Sie wollte nur Johan.

Am gleichen Abend noch, an dem Johan bei der Zeitung entlassen worden war, erzählte er Mai von dem Plagiat. Er lag im Bett, sie stand vor dem Spiegel und bürstete ihre langen Haare, die ganz grau waren, aber immer noch voll und glänzend.

»Warum hast du so schöne Haare?«, hatte er sie einmal gefragt.

»Weil ich sie jeden Abend und jeden Morgen hundert Mal bürste. Zuerst beuge ich mich ganz tief hinunter – so!«, sagte sie und bückte sich, um es ihm zu zeigen, »und dann fahre ich mit der Bürste durch die Haare, ein-zwei-drei-vier-fünf-sechs-sieben Mal, bis ich hundert erreiche. So!«

Genauso stand sie da, als er ihr von dem Plagiat erzählte. Vornübergebeugt lauschte sie – und zählte zugleich das vorsichtige Gleiten der Bürste durch die Haare.

Als er zu Ende erzählt hatte, hatte sie immer noch 38 Kämmvorgänge vor sich, und diese vollzog sie langsam, konzentriert, ohne ein Wort zu sagen. Dann kam der Augenblick, den Johan normalerweise liebte, wenn sie den Kopf nach hinten warf und die Haare auf ihren Platz fielen, sich um ihr Gesicht und auf die Schultern verteilten. Dann betrachtete sie sich für gewöhnlich im Spiegel und lächelte.

Doch an jenem Abend, an dem er ihr von dem Plagiat erzählte, lächelte sie sich nicht im Spiegel zu.

Stattdessen sagte sie: »Du Ärmster.« Immer noch dem Spiegel zugewandt. Und dann drehte sie sich um, ging durch das Zimmer und setzte sich auf die Bettkante. Das Nachthemd war dünn und blau und mit kleinen weißen Sternchen verziert. Sie war barfuß. Sie roch gut. Johan lehnte den Kopf an ihre Schulter.
»Verachtest du mich, Mai?«
»Niemals«, sagte sie und schlang die Arme um ihn. »Niemals!«

Eine nahezu identische Szene trug sich fünf Jahre später zu, als er ihr von seinem Arztbesuch erzählte. Mai stand vornübergebeugt vor dem Spiegel. Die Bürste glitt durch ihr Haar. Eins-zwei-drei-vier-fünf-sechs-sieben-acht Mal durch ihr Haar. Johan lag im Bett, versuchte, die richtigen Worte zu finden. Sollte er von der Arztpraxis erzählen, dass sie klein und klaustrophobisch war oder dass der Arzt nach Schweiß roch und jünger war als Andreas? Sollte er von den Worten »alarmierend« und »Streuung« erzählen? Er sah Mai an und dachte: Sie soll mir helfen. Sie soll die Arme um mich legen und sagen, dass sie mich liebt. Sie soll die Arme um mich legen und sagen, dass sie mir helfen wird, wenn es notwendig werden sollte. Sterben zu können, wann er es wollte. Sterben zu können ohne unerträgliche Schmerzen. Es ging um Würde, und Johans Leben war nie ein Ausbund an Würde gewesen.

Er betrachtete sie erneut, dort vor dem Spiegel. Wusste nicht recht, wie er anfangen sollte. Fand die Worte nicht.

In der Nacht, bevor Johans Vater starb, fand man ihn nackt auf allen vieren durch Nachbars Garten krabbelnd, eine dicke Spur Exkremente hinter sich herziehend. Als dem Vater am Tag darauf klar wurde, was er getan hatte, weinte er vor Scham. Er packte seine Frau am Arm und bat sie um Verzeihung.

Johan war fünfzehn.

»Setz dich zu mir!«, bettelte Johans Vater. »Verlass mich nicht, Agnes, bitte!«

Die Mutter kniff die Augen zusammen und schüttelte den Kopf.

»Geh nicht weg …«, schrie er. »Du kannst nicht … Ich bitte dich …«

»Ich kann das nicht«, sagte die Mutter und ging aus dem Zimmer.

Da begann Johans Vater zu brüllen.

Die Tür wurde geschlossen.

Johans Mutter, Johans halbwüchsige Schwester und Johan saßen auf dem Sofa in der Stube. Die Lichter wurden gelöscht. Die Tür war geschlossen. Der Vater brüllte. Stunde um Stunde brüllte er. Am Ende ein paar Hilferufe.

Einmal, lange bevor er krank geworden war, hatte Johans Vater die Schlafzimmertür blau gestrichen. Die Mutter fand eine blaue Schlafzimmertür anstößig. Vor allem, als er seine Frau vor den Kindern und einem zufällig anwesenden Nachbarn um die Taille fasste und erklärte: Sieh nur! Unsere Tür ist eine Himmelspforte, Agnes!

Jetzt war die Tür geschlossen, die blaue Farbe hatte angefangen abzublättern und der Vater brüllte.

Als Johan anfing zu weinen, hob die Mutter die Hand und strich ihm über den Kopf. Und dann hob die Schwester die Hand und strich ihm über den Kopf. Johan saß in das Sofa gedrückt, zwischen der Schwester und der Mutter, die ihm über die Haare fuhren, und lauschte dem Brüllen seines Vaters. Als er trotz der Liebkosungen der Frauen nicht aufhörte zu weinen, legte ihm die Mutter die Hände auf die Ohren, eine Hand auf jedes Ohr, und drückte das Geräusch weg. Und dann tat die Schwester das Gleiche, eine Hand auf jedes Ohr. Zunächst die Hände der Mutter, dann die Hände der Schwester auf den Ohren. Und so blieben sie sitzen: Johan in der Mitte, mit den Händen der Mutter und der Schwester auf den Ohren.

Es dauerte seine Zeit. Niemand rührte sich. Keine Geräusche mehr. Nur eine blaue Tür und vier Hände, zwei Paar große, warme, trockene Handflächen, zwanzig Finger, die seine Ohren berührten. Ihre Körper an seinem. Stunde um Stunde. Die Mutter roch nach Kernseife. Die Schwester roch nach Schweiß, aber nur ganz leicht. Und dann war es vorbei. Johan wusste, dass es vorbei war, weil die beiden Frauen ihn plötzlich losließen, seine Ohren losließen, plopp, wie ein Weinkorken, der einer Weinflasche entweicht. Und dann nur noch: Stille.

Johans Mutter stand auf, ging durch das Zimmer und öffnete die blaue Tür. Sie blieb zunächst auf der Türschwelle stehen und schaute sich um, als würde sie ihr eigenes Schlafzimmer zum ersten Mal sehen. Das Licht vom Fenster. Die blauen Gardinen. Die Mahagonikommode mit den Messingknäufen. Das breite Ehebett mit der blauen Bettwäsche, in die sich Johan, als er noch jünger war, liebend gerne eingerollt und versteckt hatte. Die ewig schläfrige Wärme des Elternbetts. Die Mutter rief nach Johans Schwester und gemeinsam legten sie den Toten auf eine Decke im Flur. Anschließend machten sie sich mit Schrubber und Bürste an die Arbeit, schrubbten Boden und Wände, wechselten das Bettzeug, öffneten die Fenster und zündeten Kerzen an. Zum Schluss wurde Johans Vater wieder ins Bett gehoben.
»Jetzt will ich mit ihm allein sein. Ich will ihn selbst fertig machen«, sagte Johans Mutter leise und schloss die Tür.

Johan schloss die Augen und öffnete sie wieder. Er betrachtete Mai, die, vornübergebeugt, vor dem Spiegel saß. Die Bürste auf dem Weg durch die Haare. Bisweilen zählte sie laut vor sich hin – achtundsechzig, neunundsechzig, siebzig. Johan war kein begehrter Mann. Er war kein bewunderter Mann. Und er war kein kontroverser Mann. Er zweifelte daran, ein Mann zu sein, den man vermisste. Aber er war ein geliebter Mann. Er zweifelte nicht an Mais Liebe. Er verstand nur nicht, warum sie ihn liebte. In guten

Momenten dachte er, dass er Eigenschaften besaß, die er niemand anderem zu zeigen gewagt oder vermocht hatte als ihr. Aber wenn er nachts wach lag und grübelte, dachte er, dass sie eine dieser Frauen war, die nur einen Mann lieben konnten, der schwächer war als sie, einen, der sie bewunderte und der ihnen ausgeliefert war, und dass eine solche Liebe beide im Grunde erniedrigte. Die gute Liebe gab es zwischen Gleichgesinnten und Ebenbürtigen, nicht wahr? Er betrachtete sie. Nichtsdestotrotz, dachte er, entscheide ich mich für die erniedrigende Liebe, wenn sie zärtlich ist, wie zwischen Mai und mir.

Einmal vor langer Zeit hatte Johan Mai gebeten, sich selbst mit sechs Worten zu beschreiben. Er hatte ihr ein Blatt Papier gegeben und sie gebeten, eine Liste anzufertigen. Johan war ein Anhänger von Listen.

Die Worte, die sie auf das Blatt schrieb, waren:

Willensstark.
Professionell.
Hässlich.
Wort haltend.
Kinderlos.
Zufrieden.
Ehrlich.

»Das sind zu viele Wörter«, sagte Johan, als sie ihm das Blatt gab. »Die Aufgabe lautete, sechs Wörter aufzuschreiben, nicht sieben.«

»Das ist mir egal«, sagte sie und hatte im nächsten Augenblick das Ganze vergessen und etwas anderes angefangen. So war sie, Mai. Johan kannte niemanden, der so schnell war wie sie. Hier war von Geduld die Rede. Mai hatte nicht die Geduld, sich lange Zeit am Stück mit einer Sache zu beschäftigen. Sie ging schnell. Aß schnell. Liebte schnell. Räumte schnell auf. Dachte schnell. Ab und zu ärgerte sie sich über Johan, weil er nicht ebenso rasch war. Weil er Zeit brauchte. Zum Gehen, Essen, Lieben, Aufräumen und Denken. Und zum Durchsehen von Mais Liste. Auch dafür brauchte er Zeit.

Er hatte um sechs Wörter gebeten, sie hatte ihm sieben gegeben.

Ein Wort musste verschwinden.

Also, dachte Johan und beugte sich über das Papier: *Willensstark und professionell?* Ja. Sie bekam immer ihren Willen, sie war eine respektierte und angesehene Ärztin. Die Wände ihrer Praxis waren von bunten Kinderzeichnungen bedeckt. Eltern schrieben ihr ständig Karten und bedankten sich. Dennoch nahm sie nicht, wie es heißt, die Arbeit mit nach Hause. Einmal erzählte sie, dass sie sich an die Namen der Kinder, die sie behandelt hatte, nicht mehr erinnerte, nicht einmal an die toten. Johan war überrascht.

Es habe mit Willensstärke zu tun, sagte sie. Sie *wolle* sich *nicht* an die Namen erinnern. Wenn sie sich an alle Namen erinnern würde, der Kinder, die wieder gesund wurden, und der Kinder, die nicht wieder gesund wurden, könnte sie nicht in Frieden leben.

*Hässlich?* Nein, nicht hässlich. Aber wenn Mai hässlich sagte, sagte sie es mit einem gewissen Stolz, wohl wissend, dass sie ausreichend souverän war, gerade aufgrund ihrer Hässlichkeit: ihrer langen grauen Haare, ihres Kindergesichts und ihrer großen, fabelhaften Nase. Wäre sie ein winziges bisschen hübscher, wäre sie weitaus weniger attraktiv.

*Wort haltend?* Ja. Immer. Mai hielt alle Versprechen und alle Abmachungen. Es käme ihr nicht in den Sinn, ein Versprechen zu brechen, egal wie die Umstände waren.

Einmal hatte sie Johan versprochen, mit ihm ein neues Restaurant in Oslo zu besuchen, das in den Zeitungen gelobt worden war. Als sie das Restaurant betraten und vom Ober empfangen wurden, zeigte sich, dass ihre Namen nicht auf der Liste standen.

»Aber ich habe einen Tisch bestellt«, sagte Mai.

»Bedaure«, sagte der Ober. »Ihr Name steht hier nicht. Vielleicht an einem anderen Abend?«

»Nein«, sagte Mai. »Wir wollen heute Abend hier essen.«

»Aber …«

Mai unterbrach ihn. »Wenn Sie einen freien Tisch haben, sagen Sie uns Bescheid!«

Johan und Mai setzten sich an die Bar. Es war acht Uhr. Als es zehn Uhr war, sie immer noch keinen Tisch bekommen hatten und ihnen der Ober auch kein Zeichen machte, dass sie bald an der Reihe wären, sagte Johan, dass er gerne nach Hause gehen und auf dem Weg eine Wurst essen wollte.

»Nein!«, sagte Mai.

»Nein?«, sagte Johan.

»Nein!«, sagte Mai. »Wir haben eine Abmachung, du

und ich haben abgemacht, dass wir heute Abend hier essen. Das habe ich dir versprochen.«

Johan schüttelte den Kopf, blieb noch zehn Minuten sitzen, stand dann aber auf und sagte, es sei nun genug. Mai blieb sitzen und starrte vor sich hin. »Ich warte«, sagte sie.

»Ich warte. Ich werde heute Abend hier essen.«

Daraufhin ging Johan. Später erzählte Mai, dass sie schließlich kurz vor Mitternacht einen Tisch bekommen und zur Verzweiflung der Bedienung ein viergängiges Menü bestellt hätte, das zur Erleichterung des Personals in Rekordzeit verspeist wurde.

*Kinderlos?* Ja, und das hat sie selbst gewollt.

Johan sah von dem Blatt auf.

Manchmal, wenn Johan morgens nach einer heißen Dusche im Badezimmer stand, hauchte er den Spiegel ganz leicht an. Dann offenbarte sich in dem Glas ein Gesicht, nicht sein eigenes Gesicht, aber ein Gesicht, das mit ihm zu tun hatte. Ein Gesicht, das er überall mit hin nahm.

Johan beugte sich erneut über die Liste.

*Zufrieden?* Zweifellos, dachte Johan.

Mais Grundstimmung war eine leise, unerklärliche und unanfechtbare Zufriedenheit. Sie konnte genießen, was sie ein »kleines gutes Leben« nannte: ein gutes Essen, ein Glas kalten Weißwein, einen Spaziergang im Wald, Johans Hände, Johans Küsse. Vor vielen Jahren, als das Verhältnis zwischen ihnen noch frisch war, überraschte es ihn, welche Freude sie an seinem Körper hatte. Sie war hungrig und neugierig und wollte ständig mit ihm schlafen. Nach ein paar Jahren wurde ihm klar, dass es gar nicht um ihn gegangen war. Das heißt: Es war weniger um ihn gegangen als vielmehr um sie. Ihren Mund, ihren Hals, ihre Hände, ihre Brüste und ihr Geschlecht. Es war um Mais Freude an ihrem eigenen Körper gegangen und daran, wozu ihr Körper in der Begegnung mit anderen Körpern imstande war, welche Freuden möglich waren.

Das letzte Wort auf Mais Liste war *ehrlich*, und Johan wusste, dass dies das Wort war, das gestrichen werden musste.

Mai war überhaupt nicht ehrlich. Ganz im Gegenteil: Sie log häufig. Kleine sinnlose Lügen, die keine Rolle spielten, nicht von Bedeutung waren. Sie sprachen nicht darüber. Das heißt: Johan machte sie nicht darauf aufmerksam, dass er um ihre Lügen wusste. Stolze Menschen darauf aufmerksam zu machen, dass man ihre Schwächen durchschaut hat, ist unangenehm. Als werfe man einen Stein nach einem Pfau, der einem in einem Moment des Vertrauens gerade seine hübschen Federn zeigt. Einen schwachen Menschen darauf aufmerksam zu machen, dass er schwach ist, kann hingegen richtig befriedigend sein.

Alice, seine Frau Nummer eins, war schwach.

Alice und ich waren einander ähnlich, pflegte Johan zu sagen. Wir haben uns gegenseitig gequält.

Und was Mais Lügen anging, waren diese, wie gesagt, nicht von Bedeutung.

An einem Abend vor langer Zeit fuhr Mai mit dem letzten Zug nach Göteborg. Sie war eingeladen worden, auf einer skandinavischen Kinderärztekonferenz einen Vortrag über Säuglinge und Koliken zu halten. Drei Tage ohne Mai, dachte Johan. Und es war nun einmal so, dass er den Gedanken, so lange von ihr getrennt zu sein, nicht ertragen konnte. Als die Tür hinter ihr ins Schloss fiel, blieb er in der Wohnung zurück, die sie sich in der Jacob-Aalls-Gate teilten, und spielte auf dem Esstisch mit einer Rolle Nähgarn. Es war Freitagabend und er überlegte, ob er in ihr gemeinsames Ferienhaus nach Värmland fahren sollte. Es war besser, allein auf dem Land zu sein als hier in der Stadt. Dort hatte er wenigstens die Bäume zum Reden. Er fummelte immer noch an dem Nähgarn herum. Laut sagte er zu sich:

»Mai kann nähen.«

Und dann noch lauter:

»Alice konnte nicht nähen. Alice konnte mich nur beschimpfen. Und Geld zählen. Das konnte sie!«

Er sah sich in der leeren Wohnung um. Er hatte den Eindruck, in der Ecke Gelächter zu hören.

»Alice, bist du's!«, zischte er. »Suchst du mich heim!«

Er hörte das Gelächter noch einmal.

»Hexe!«, murmelte er.

Es war spätabends und Johan wusste, dass er, wenn er den Namen seiner Frau Nummer eins aussprach und überdies noch mit ihr redete, auf dem Weg in die Verzweiflung war. Deshalb beschloss er auf der Stelle, nicht auf den Landsitz nach Värmland zu fahren. Nein. Er würde früh am nächsten Morgen nach Göteborg fahren und Mai überraschen.

Überraschungen sind nie eine gute Idee.
Johan war prinzipiell gegen jede Form von Überraschung. Und seine Prinzipien sollte man ernst nehmen. Es war keine gute Idee, nach Göteborg zu fahren, um Mai zu überraschen. Sie trafen sich nicht einmal und Mai erfuhr nie, dass er dagewesen war. Das erfuhr sie nie. Nicht einmal nach seinem Tod. Und vermutlich hat sie das ganze Seminar vergessen. Wenn er sie beispielsweise auf dem Sterbebett gefragt hätte: Mai, weißt du noch, als du vor siebzehn Jahren mit dem Zug nach Göteborg gefahren bist, um einen Vortrag über Säuglinge und Koliken zu halten, würde sie die Stirn runzeln und den Kopf schütteln. Mais Gedächtnis ist nicht gut. Das Beste, was man über Mais Gedächtnis sagen kann, ist, dass es selektiv ist. Sie erinnert sich an das, woran sie sich erinnern will, und vergisst alles andere. Johan war der Meinung, dies sei eine der Ursachen dafür, dass sie so sicher wirkte und weshalb er, ein unsicherer Mensch, bei ihr zur Ruhe kam. Sie vergisst ganz einfach alles, was sie nicht gerne in Erinnerung behalten will, was ihr nicht vorteilhaft erscheint. Johan vergaß nie etwas. Johan vergaß nichts. Manchmal dachte er, dass das Eitergeschwür in seinem Gesicht, die Druckstellen, die blutigen Öffnungen, alles, was floss und eiterte und pumpte, alles, was seinen Körper in einen unwegsamen Sumpf verwandelte, Erinnerungen an gelebtes Leben waren. Dass er erst am Ende und durch den Schmerz wirklich geworden war.
»Es ist die Hölle, wirklich zu werden«, sagte er.

Mai allein verstand, was er sagte, als er im Sterben lag, und am Ende verstand auch sie ihn nicht mehr.
Zu Mai sagte er: »Meine einzige Linderung solltest du sein.«

Johan traf am Vormittag in Göteborg ein. Der Regen prasselte hernieder. Er spazierte zum Hotel, hoffte, dass sie sich noch in ihrem Zimmer befand. Er wusste, dass sie ihren Vortrag erst am Nachmittag halten sollte, um halb drei, hatte sie gesagt, und Johan ging davon aus, dass sie den Morgen nutzte, um sich vorzubereiten. Bei seiner Ankunft war er durchnässt. Der Regen tropfte ihm von der Nase, von den Augen, von den Augenbrauen, er konnte ihn von den Lippen ablecken, es tropfte von seinem Mantel, der Hosennaht und der Reisetasche, in den Schuhen gluckerte es, das weiße Hemd und die Unterhosen klebten ihm am Körper. Er rief Mai von einer Telefonzelle vor dem Hotel aus an, und die Telefonistin stellte ihn in ihr Zimmer durch. Sie nahm sofort den Hörer ab.
Sie äußerte sich erfreut darüber, seine Stimme zu hören. Von wo er denn anriefe – ob er auf der Arbeit sei? Ob er gut geschlafen habe ohne sie an seiner Seite im Bett? Sie ließ ihn nicht antworten, redete weiter, sagte, dass ihr vor ihrem Vortrag graue, dass sie Angst habe, das Wichtigste vergessen zu haben.
Am Ende kam Johan zu Wort und fragte sie, was sie gerade mache.
»Ich schreibe natürlich«, sagte sie, »ich sitze hier und schreibe.«

»Ja, das habe ich verstanden«, unterbrach er sie, »aber in dem Moment, als ich anrief, was hast du da gemacht? Ich will dich vor mir sehen.«
Sie lachte leise.
»Gerade als du angerufen hast oder kurz bevor du angerufen hast, bin ich aufgestanden, um ins Badezimmer zu gehen. Ich habe mir die Haare gebürstet.«
»Hundert Mal?«
»Nein, nur ein paar Mal. Ich habe versucht, mich zu entscheiden, ob ich sie heute Nachmittag aufgesteckt oder offen tragen soll.«
»Offen.«
»Findest du?«
»Ja.«
Es war schön, merkte er, direkt vor ihrem Hotel zu stehen, während der Regen auf das Dach der Telefonzelle trommelte, in einer Regenpfütze zu stehen, dazustehen und den nassen Telefonhörer festzuhalten, ihre Stimme festzuhalten, das Bild von ihr vor dem Spiegel festzuhalten, die langen, glänzenden Haare, die, wie er sich einbildete, das ganze dunkle Zimmer erleuchten würden, das ganze Hotel, ganz Göteborg.
»Was hast du an?«, fragte er.
»Mein gestreiftes Nachthemd, die Brille.«
»Bist du noch nicht angezogen?«
»Doch, ich hatte mich angezogen, um frühstücken zu gehen, und dann bin ich in mein Zimmer zurückgekehrt, habe mich ausgezogen und das Nachthemd übergestreift. Ich trage es gern, wenn ich arbeite, es spannt nicht, ist nicht zu warm.«

»Du frierst doch aber nicht«, fuhr er fort, »nur im Nachthemd. Hast du das Fenster geschlossen, damit du dich nicht erkältest?«

»Nein«, sagte sie, fast überrascht über die Frage. »Das Fenster ist offen. Die Sonne scheint. Hier ist es frühlingshaft warm. Nur eine sanfte Brise in den Haaren. Wie ist das Wetter in Oslo?«

»Es regnet«, sagte Johan.

»Typisch«, sagte sie.

Einen Moment lang schwiegen sie beide.

»Wofür hast du dich jetzt entschieden?«, fragte Johan schließlich.

»Was meinst du?«

»Mit deinen Haaren? Offen oder aufgesteckt?«

»Offen, glaube ich.« Sie schwieg einen Augenblick, dann fügte sie hinzu: »Oder vielleicht aufgesteckt. Ich weiß es nicht.«

»Ich liebe dich«, sagte Johan.

»Und ich dich«, antwortete sie. »Jetzt müssen wir Schluss machen, ich muss weiterschreiben.«

Er seufzte.

»Wie machst du das nur, Johan«, rief sie plötzlich aus, »jeden Tag Artikel schreiben? Ich finde das die Hölle.«

»Ich auch«, sagte Johan und lachte. »Halte durch! Du wirst fertig werden! Und heute Abend kannst du feiern.«

Und dann legten sie auf.

Johan blieb den ganzen Tag in Göteborg. Er beobachtete sie, stand hinter einem Baum und wartete darauf, dass sie endlich das Hotel verließ. Es war kurz vor zwei und es regnete immer noch. Unter dem langen signalroten Regenmantel trug sie einen blauen Pullover, einen engen blauen Rock und grüne Gummistiefel. Ihre Halbschuhe hatte sie aller Wahrscheinlichkeit nach in einer Plastiktüte, die sie in der einen Hand hielt, und der maschinengeschriebene Vortrag lag in der Handtasche, die sie in der anderen Hand trug. Des Weiteren klammerte sie sich an einen großen gelben Regenschirm, der fast davonflog. Die hellen Haare trug sie offen.

Er folgte ihr bis zum Konferenzgebäude und sah, wie sie in der Menschenmenge verschwand. Er wollte warten, bis sie mit dem Vortrag fertig war, und versteckte sich erneut hinter einem Baum. Es dauerte Stunden. Es gab bestimmt auch eine ganze Menge mit den Kollegen zu bereden, dachte er, vielleicht mehrere Vorträge. Es hielt wohl nicht nur Mai einen Vortrag? Zum Schluss kam sie mit zwei weiteren Frauen aus dem Konferenzgebäude. Sie liefen dicht nebeneinander wie Freundinnen und lachten laut über den Wind, der sie umzublasen drohte. Genau wie Mai hatte jede der beiden Frauen einen großen gelben Regenschirm, und plötzlich wurde ihm klar, dass die Regenschirme ein Geschenk der Organisatoren der Konferenz waren, denn auf allen Regenschirmen stand mit schwarzer Schrift: »Skandinavische Kinderärztekonferenz 1985.«

Am Abend aß Mai zusammen mit ihren Kollegen im Restaurant des Hotels. Sie sah Johan nicht, obwohl er sich sogar in die Tür stellte und suchend im Restaurant umschaute, bis er ihren Tisch gefunden hatte. Sie sah ihn nicht. Es kam ihr nicht in den Sinn, dass er ihr gefolgt sein könnte, dass er überhaupt hier sein könnte, in Göteborg, dass er gekommen war. Sie unterhielt sich mit denselben zwei Frauen, mit denen sie vorher zusammen gewesen war, und alles deutete darauf hin, dass sie sich amüsierte.

Wenn jemandes Ehefrau zu einer Konferenz fährt und hinsichtlich der Umstände lügt, liegt allem Anschein nach ein Liebesverhältnis vor. Die Frau hat sich in einen anderen Mann verliebt. Aber wenn Johans Frau zu einem Seminar fährt und hinsichtlich der Umstände lügt, geht es nicht um einen anderen Mann. Es geht ums Wetter. Johans Frau sagt zu ihm, dass die Sonne scheint und dass sie bei offenem Fenster schreibt, um die frühlingshafte Brise im Haar zu spüren.

Johan konnte sich nicht erklären, weshalb sie log. Es konnte nicht sein, um sich oder Johan zu schonen, die Ehe zu schonen? Vor was denn zu schonen, in dem Fall?

Ihm kam der Gedanke, dass die Lüge hinsichtlich des Wetters nur eine Vorwarnung für eine größere Lüge, eine gefährlichere Lüge sein könnte. Im gleichen Augenblick, in dem Mai sagte, dass die Sonne scheine und sie vor offenem Fenster schreibe, um die frühlingshafte Brise in ihren Haaren zu spüren, während es in Wahrheit Bindfäden regnete, dachte er:

Sie hat sich in einen anderen verliebt! Mai betrügt mich!
Doch dann fiel ihm auf, dass es keinen logischen Zusammenhang zwischen dem Wetter in Göteborg und einem potenziellen anderen Mann in Mais Leben gab. Eine Frau, schlussfolgerte er, ist bei Sonnenschein nicht weniger untreu als bei Regen.
Johan fand auch nie eine Erklärung. Es war eine dumme Lüge. Weder die Wahrheit (dass es regnete) noch die Lüge (dass die Sonne schien) war verletzend, schädlich oder überhaupt nur *relevant*.
Doch Fakt war und blieb: Mai log.
Ihre Lügen waren, nachdem er auf sie aufmerksam geworden war, alle von der gleichen Qualität wie die Lüge hinsichtlich des Wetters, wenn man überhaupt von der Qualität einer Lüge sprechen konnte. Sie waren ohne Bedeutung. Es ist nicht gesagt, dass sie Johan überhaupt aufgefallen wären, wäre er nicht in Göteborg gewesen.
Es kam zum Beispiel vor, dass sich Johan und Mai gegenseitig auf der Arbeit anriefen. Wenn Johan vor ihr aus dem Haus gegangen war, rief er sie gewöhnlich an und fragte, welche Kleider sie anhabe. Es war eine Art Spiel. Sie wusste, dass er sie gerne vor sich sah. Doch mehrmals stellte er fest, stets durch irgendeinen Zufall, dass sie etwas völlig anderes trug als das, was sie ihm am Telefon beschrieben hatte. Sie behauptete zum Beispiel, dass sie ein blaues Kleid anhabe, wenn sie in Wirklichkeit rote Hosen trug. Solche Dinge.
Aber sie log nicht immer.

Als Mai achtunddreißig war, erzählte sie ihm, sie sei schwanger, habe sich aber dafür entschieden, abzutreiben. Sie habe das Angebot einer Fruchtwasseruntersuchung angenommen und die Untersuchung habe ergeben, dass der Fötus nicht gesund sei. Johan protestierte und sagte, dass sie das nicht allein entscheiden könne, sie müssten es wenigstens gemeinsam besprechen. In welchem Monat sie überhaupt sei?

»In der vierzehnten Woche«, sagte sie und wandte sich ab.

Später war er in eine Buchhandlung gegangen und hatte dort im Regal mit der Beschriftung »Mutter und Kind« ein Buch gefunden, das die Schwangerschaft der Frau Woche für Woche beschrieb. Er schlug die 14. Woche auf. »Das Herz des Fötus pumpt pro Tag achtundzwanzig Liter Blut durch den Körper«, stand dort.

Achtundzwanzig Liter Blut.

Er sah achtundzwanzig Milchtüten vor sich.

Er sah ein Herz vor sich.

Doch jetzt war er sprachlos und betrachtete Mais Rücken.

»Mein Gott, Mai. Du hast überhaupt nichts gesagt. Ich habe überhaupt nichts gemerkt. Es ist jetzt sowieso zu spät, um noch abzutreiben. Du trägst ja schon ein *Kind* in dir.«

»Es ist nicht zu spät.«

»Es ist auch *mein Kind*«, versuchte er sich und fand nicht einmal, dass es hohl klang. Ich glaube, dass

Johan in einem Anflug von Mut, der ihn hinterher sofort wieder verließ, das Kind wollte.
»Du kannst nicht einfach sagen, dass …«
»Es ist mein Körper«, stieß sie hervor. »Außerdem ist es missgebildet. Wir haben etwas Missgebildetes geschaffen, Johan. Ich will es nicht zur Welt bringen. Es ist schade, aber es kommt nicht in Frage.«
Johan sah sie an.
»Du bist kalt, Mai.«
»Ich bin nicht kalt. Verflucht noch mal, Johan!«
»Es ist moralisch … verwerflich, was du da tust. Du kannst nicht einfach …«
»Große Worte, Johan!«, zischte sie. »Große Worte. Lass uns über Dinge, die wir nicht begreifen, lieber leise sprechen.«
Und dann begann sie zu weinen. Einen kurzen Moment lang erinnerte sie ihn an Alice, die häufig auf Tränen zurückgegriffen hatte, um eine Diskussion zu beenden.
»Ich ertrage den Gedanken, es auszutragen, nicht. Ich ertrage es nicht«, schluchzte sie.
Sie setzte sich auf den Boden, fuhr sich mit der Hand durch die Haare. Und dann sagte sie, leise jetzt: »Und du konntest dich nicht einmal um ein Kind kümmern, das gesund war, Johan. Du konntest dich nicht einmal richtig um Andreas kümmern. Er war in Alices Verantwortung, und als Alice starb, war er allein auf der Welt. Ich will mit dir kein Kind in die Welt setzen. Nicht einmal ein gesundes, und erst recht nicht dieses kranke.«

Es war ein Argument, dem er aus ersichtlichen Gründen nichts entgegensetzen konnte. *Ein kleines höhnisches Lächeln jedes Mal, wenn sein einziger Sohn das Wort Papa in den Mund nahm.* Mai wusste, was sie sagen musste, wusste, was wirkte. Der Mut verließ ihn und er blieb stumm.

Johan blieb stumm.

Nachts dachte er: Sie hätte es lassen können, mir davon zu erzählen. Sie hätte sagen können, dass sie wegen irgendeiner Frauensache ins Krankenhaus muss, nichts Beunruhigendes, ein ganz gewöhnlicher Eingriff. Sie hätte es auf die gleiche unbeschwerte Art und Weise sagen können, wie sie sagte, dass die Sonne schien, das Fenster offen stand, eine frühlingshafte Brise wehte. Sie hatte die Entscheidung ja bereits getroffen. Sie wollte seine Einwände nicht, seine Unterstützung, seinen Standpunkt. Sie war schneller als er und sie hatte sich entschieden.

Nach der Abtreibung holte er sie im Krankenhaus ab. Sie sagte erst wieder etwas, als sie im Auto saßen. Dort drehte sie sich zu ihm und flüsterte:

»Ich will nicht darüber reden. Das hier ist für uns kein Thema.«

Johan starrte vor sich hin, steuerte das Auto über die Straße.

»Na gut«, sagte er.

Sie sah ihn unverwandt an.

Er fuhr Richtung Majorstua. Er wollte sie nicht anschauen.

»Willst du wissen, was es war?«

Ihre Stimme war leise.
»Du willst nicht darüber reden, hast du gesagt.«
»Nein. Aber willst du wissen, was es war? Ich habe gefragt und sie haben es mir gesagt.«
»Ich weiß nicht, ob ich ausgerechnet das wissen will, Mai.«
»Ein Mädchen. Es war ein Mädchen.«

Die Episode mit dem Mädchen wurde nicht wieder erwähnt. Nicht das schlagende Herz. Auch nicht die achtundzwanzig Liter Blut am Tag. Und als Mai vierzig wurde, feierte er sie wie eine Königin. Frühstück im Bett, Mittagessen im Grün des Frognerparks und Abendessen im Restaurant. Als Geschenk erhielt sie einen Welpen und ein kleines silbernes Kruzifix, das sie sich gewünscht hatte. Johan war kein Christ, aber Mai sagte oft, dass es nicht schaden könne, zu glauben – ohne die vage Formulierung weiter vertiefen zu wollen. Sie trug ein langes blaues Baumwollkleid, und in ihre Haare, die immer noch blond waren, hatte sie eine gelbe Rose gesteckt. Sie sah aus wie ein junges Mädchen. Der Ober im Restaurant hielt sie für Johans Tochter.
Erst als ihre Haare grau wurden, und das wurden sie nahezu über Nacht, wenige Jahre bevor sie fünfzig wurde, hielten Fremde sie nicht mehr für Vater und Tochter.

Johan hingegen sah älter aus, als er war.
Als er an jenem Tag im Wartezimmer saß und darauf

wartete, vom Arzt aufgerufen zu werden, nicht wissend, dass sein Zustand alarmierend war, machte er die Bekanntschaft eines kleinen Mädchens mit zerzausten Haaren. Sie musste auch zum Arzt und saß zusammen mit ihrer Mutter im Wartezimmer.
Wie alt mag sie gewesen sein?
Fünf Jahre? Sieben? Vier?
Johan konnte das Alter von Kindern nicht schätzen, er wusste auch nie, wie alt sein Sohn Andreas war. (Obwohl er stets genau wusste, wie viele Jahre es her war, dass sie zuletzt miteinander gesprochen hatten.)
Das kleine, zerzauste Mädchen spazierte durchs Wartezimmer, kroch auf einen Stuhl neben ihm und rief nahezu: »Ich hoffe, dass ich nie so alt und faltig werde wie du.«
Die Mutter sah von ihrer Zeitschrift auf, schimpfte mit dem Kind und bat Johan dazwischen wiederholt um Entschuldigung. Johan schüttelte zu den Entschuldigungen der Mutter den Kopf, lächelte und fragte das Mädchen: »Was glaubst du denn, wie alt ich bin?«
Das Mädchen legte den Kopf schief und kniff die Augen zu kleinen Schlitzen zusammen, um ihm zu zeigen, dass sie wirklich über die Sache nachdachte. So saß sie eine Weile und starrte Johan an, bis er verlegen wurde. Und dann streckte sie die Hand aus, spreizte ihre kleinen Finger, deren Nägel mit abgeblättertem hellrotem Nagellack verziert waren, und strich ihm über die Wange.
»Du bist älter als mein Opa«, sagte das Mädchen, und

die Mutter sah erneut von ihrer Illustrierten auf, gemahnte das Mädchen zur Ruhe und entschuldigte sich.
»Und wie alt ist dein Opa?«, fragte Johan.
»Er ist vierundachtzig«, sagte sie, »und ganz glasklar im Kopf. Bist du das auch?«
»Was denn?«, fragte Johan.
»Glasklar im Kopf?«
»Ja, natürlich bin ich das«, sagte Johan etwas lauter als nötig, »außerdem bin ich erst neunundsechzig. Ich bin also fünfzehn Jahre jünger als dein Opa!«
Er merkte selbst, dass er überreagierte, aber er saß schließlich da und wartete darauf, vom Arzt hereingerufen zu werden, und der Arzt hatte ihn gebeten, sofort zu kommen, was nichts Gutes verhieß, und dann erdreistete sich dieser kleine Zottelkopf, ihm zu erzählen, er sähe älter aus als ihr idiotischer Opa. Johan fühlte sich nicht wohl, zum einen wegen der Freimütigkeit des Mädchens, zum anderen wegen der wiederholten Entschuldigungen der Mutter. Es war ihm wichtig, zu präzisieren, dass er nicht so alt war wie der Opa, und gleichzeitig zu zeigen, dass er die ulkigen Aussprüche des Kindes mit Humor nahm. Er war keiner von denen, die nicht über sich oder ein lustiges kleines Kind lachen konnten.

Und am gleichen Abend saß er im Bett und wartete darauf, dass Mai mit dem Bürsten ihrer Haare fertig wurde. Er suchte nach Worten. Wusste nicht, wie er es formulieren sollte. Er dachte: Sie wird mir helfen. Ich bin krank, und sie wird mir helfen.

Mein Leben ist noch nie ein Ausbund an Würde gewesen.
»Was ist, Johan?«
Mai drehte sich zu ihm. Ihr Gesicht war blass. Sie hatte Angst.
»Was ist? Was ist es, was du mir nicht sagen willst?«
»Mai, es hat gestreut. Es ist ernst, glaube ich.«
So. Jetzt hatte er es gesagt. Mai holte tief Luft.
»Was hat der Arzt gesagt?«
»Er roch nach Schweiß.«
»Johan!« Ihre Stimme war jetzt wütend. »Was hat der Arzt gesagt?«
»Er hat gesagt, es sei alarmierend.«
Mai fing an zu weinen. Und dieses Mal war es keine Schauspielerei. Sie legte die Bürste auf den Tisch vor dem Spiegel, kroch zu ihm ins Bett und ringelte sich zusammen. Johan strich ihr über das Haar.
»Du musst mir helfen, wenn es notwendig wird«, sagte er.
Mai sah zu ihm auf. Die Augen, die Nase, die Wangen waren rot gefleckt. Streifen von Tränen und Rotz.
»Was willst du damit sagen?« Ihre Stimme versagte. »Klar werde ich dir helfen.«
Johan strich ihr immer noch über das Haar. Er sagte: »Ich will selbst bestimmen, wann es zu Ende ist. Ich will noch nicht sterben. Ich will leben, bis ich hundert bin, solange ich mit dir zusammen sein kann. Aber ich bitte dich, mir zu helfen, wenn ich sage, dass ich sterben will.«
Mai wurde ganz still, starrte Johan an.

Und dann stand sie auf und schlug ihm ins Gesicht. Ihre flache Hand klatschte auf seine linke Wange. Johan packte das dünne Handgelenk und flocht seine Finger in ihre.
Sie fing wieder an zu weinen.
»Nicht das!«, flüsterte sie. »Nicht das. Bitte mich nicht um das. Ich traue mich nicht, dir dabei zu helfen.«
Nach einer langen Stille, die keiner von ihnen zu unterbrechen wagte, senkte Johan den Kopf. Und dann sagte er: »Mein Leben ist nie ein Ausbund an Würde gewesen, Mai.«

Später sollte dort, wo Mai ihn geschlagen hatte, ein Eitergeschwür entstehen.
Es existierte natürlich keinerlei medizinischer Zusammenhang zwischen diesen beiden Dingen, Mais Schlag und dem Geschwür in seinem Gesicht, aber Johan dachte an das Geschwür als etwas, das sie gemeinsam erschaffen hatten. Eine Begegnung zwischen ihrer Hand und seiner Wange hatte Früchte getragen, und Johan hatte ein Geschwür zur Welt gebracht. Sein Gesicht hatte sich geöffnet und einem Geschwür Leben eingehaucht. Es war ein hässliches und schmerzendes Geschwür, das Abscheu erregte. Deshalb lag er, solange er es aushielt, auf der Seite, so dass nur die gesunde Hälfte seines Gesichts sichtbar war. Einmal vergaß er es. Als sich eine zufällige Besucherin gerade in sein Zimmer im Krankenhaus verirrt hatte – es war eine Frau, die nach einem Patienten von einer anderen Abteilung suchte –, richtete er sich halb

im Bett auf und fragte, ob er ihr helfen könne. Als die Frau Johans Gesicht sah, schlug sie die Hand vor den Mund, sagte etwas, das Entschuldigung lauten konnte, und stürzte hinaus.

Das Geschwür war ein Teil von ihm und verwandelte ihn in seinen eigenen Augen in ein Monster, ein Monster mit zwei Köpfen, einem großen Kopf und einem kleinen Kopf, das andere Menschen erschreckte. Doch das Geschwür war auch ein selbstständiges Wesen. Es lebte sein eigenes Leben. Manchmal war es groß, schmerzhaft und auberginefarben, andere Male war es blass und matt. Es veränderte sich von Tag zu Tag und musste wie ein Säugling gepflegt und versorgt werden. Das Geschwür wurde von Flüssigkeit befreit, mit Salben eingerieben und gelegentlich bandagiert.

Einmal behauptete er, er sei davon aufgewacht, dass das Geschwür geschrien habe.

Als Mai mit dem Finger darüber strich, sagte Johan zu ihr:

»Du und ich haben es erschaffen. Ich habe es ausgetragen. Mein Gesicht hat sich geöffnet und ihm Leben eingehaucht.«

# II
# Der Spiegel

Die Ärzte hatten seinen Körper insgesamt siebenmal operiert. Sie hatten Röntgenaufnahmen und Ultraschalluntersuchungen gemacht. Sie hatten ihn angeschaut, an ihm herumgedrückt, an ihm herumgeschnitten und ihn wieder zusammengenäht. Sie hatten seinen Fall bei Visiten erörtert und Krankenberichte über ihn geführt. Johan Sletten war kein Fremder. Er gehörte jetzt ihnen. Er gehörte den Grüngekleideten.
Vor dem Krankenhaus standen Fahrräder mit Kindersitzen und Einkaufskörben und dicken Schlössern um die Räder. Die Fahrräder zeugten davon, dass es an diesem Ort noch eine ganz andere Bevölkerung gab. Die Gesunden. Diejenigen, die das Krankenhaus jeden Tag verließen, die nach Hause fuhren und die Arbeiten Gesunder verrichteten. Für Johan, der jetzt zu den Kranken zählte, war das Krankenhaus zu einem Zuhause geworden.
Einmal, als er auf dem Korridor herumlief, hielt ihn eine Frau mittleren Alters an und fragte nach einem bestimmten Oberarzt. Johan wusste, wo dieser Oberarzt zu finden war, und gab der Frau eine sehr genaue und umständliche Beschreibung.
Die Frau bedankte sich und eilte weiter.
Er war ein Wegweiser.

Johan hatte zu Lebzeiten drei Freunde gehabt: Geir Hernes, Odd Karlsen und Ole Torjussen. Er dachte

oft an Ole Torjussen, den er von den dreien am liebsten gemocht hatte. Journalist und Kollege. Mittlerweile tot, leider.
Vor langer Zeit hatte sich Ole Torjussen in eine junge Amerikanerin mit dunkelbraunen Augen verliebt, und in einem berauschenden Anfall von Übermut hatte Ole Torjussen seine Stelle als Feuilletonjournalist bei Norwegens drittgrößter Zeitung aufgegeben, seine Frau und die zwei Kinder verlassen (einen Jungen von zwölf Jahren und ein Mädchen von vierzehn) und war nach New York gegangen, um mit der jungen Frau zusammen zu sein. Das Ganze ging ein halbes Jahr gut, dann wurde Ole Torjussen vor die Tür gesetzt. Er kehrte wieder nach Oslo zurück und versöhnte sich mit seiner Frau, die ihn aus Rücksicht auf die Kinder wieder aufnahm. Er erhielt ein Angebot für eine längere Vertretung bei der Zeitung (seinem alten Arbeitsplatz), sodass er für seinen Unterhalt sorgen konnte. Vier Jahre später starb er an Leukämie.
Es war nicht viel, was Ole Torjussen seinem Freund Johan Sletten von dem halben Jahr in New York erzählen konnte. Er sei glücklich gewesen, erzählte er, bis er vor die Tür gesetzt wurde. Und der glücklichste Tag von allen sei ein früher Sonntagmorgen im Mai gewesen, als die junge braunäugige Frau ihn losgeschickt hatte, um Brot, Kaffee und Zeitungen zu kaufen.
Die beiden Liebenden wohnten in einer kleinen Wohnung in der 73. Straße in der Nähe des Central Parks, die junge Frau studierte Literaturwissenschaft

an der Universität und lebte von dem Geld, das sie von zu Hause bekam. Ole Torjussen las Bücher, kochte, räumte die Wohnung auf und lebte von dem Geld, das er auf ein heimliches Konto überwiesen hatte, von dem seine Frau nichts wusste.
Was an diesem glücklichsten Tag von allen in Ole Torjussens Leben geschah, war Folgendes:
Er kam aus dem Laden an der Ecke, in dem er immer Brot, Kaffee und Zeitungen kaufte. (Ja immer! Das hier war sein neues Leben, und in diesem neuen Leben kaufte er *immer* Brot, Kaffee und Zeitungen in dem kleinen Laden an der Ecke. Ebenso suchte er sich *immer* einen Platz in der Nähe von Strawberry Fields im Central Park, wenn er nach draußen ging, um zu lesen; und er aß *immer* in dem gleichen französischen Lokal in Greenwich Village, wenn er Lust auf Schnecken hatte.)
Ole Torjussen kam also aus dem Laden an der Ecke und wurde von einem Touristen angehalten, einem jungen Mann mit Schultertasche, T-Shirt und weißen Oberarmen – der junge Mann war fremd in der Stadt, daran bestand kein Zweifel –, und er fragte Ole Torjussen nach dem Weg zur nächsten Subway-Station. Er hätte viele andere fragen können, erzählte Ole Torjussen, es waren viele Menschen auf der Straße, auch wenn es früh am Sonntagmorgen war. Es waren Menschen auf dem Weg zum Flohmarkt in der 77. Straße, es waren Menschen draußen, die ihre Hunde ausführten, und Menschen wie er selbst, die unterwegs waren, um Frühstück und die Zeitung zu kaufen.

Aber der Junge fragte niemand anderen nach dem Weg, er fragte Ole Torjussen. Und Ole Torjussen blieb stehen und half ihm weiter. Er erklärte ihm den Weg zur nächsten Subway-Station, er erklärte dem Touristen, wo er umsteigen müsse, um schneller ans Ziel zu gelangen. Ole Torjussen war ein Wegweiser in der Weltmetropole New York. Ein trivialer kleiner Vorfall, schon vergessen, als er sich umdrehte, um mit den Zeitungen unter dem Arm und dem Kaffee und dem Brot in einer Tüte in die Wohnung in der 73. Straße zurückzukehren. Vergessen, wäre nicht das eine geblieben. Das Glücksgefühl. Das Gefühl, die Welt erobert zu haben.

Das war die Wahrheit.

Er war Ole Torjussen in New York. Er war ein Wegweiser. Und so war es immer gewesen.

Nach mehreren Wochen im Krankenhaus war die Stationsärztin der Meinung, dass Johan entlassen werden könne. Meyer hieß sie und kannte Mai flüchtig von früher. Dr. Meyer erinnerte ihn an eine Balletttänzerin. Wie sie sich auch bewegte, es sah aus, als würde sie tanzen. Sie sprach mit Armen und Händen, mit dem ganzen Körper. Außerdem war sie hübsch, flachbusig und unter dem Arztkittel nur spärlich bekleidet.

Sie pflegte in sein Zimmer zu kommen und sich auf sein Bett zu setzen. Sie nahm sich immer Zeit. Und eines Tages geschah Folgendes:

Dr. Meyer erhob sich vom Bett und bewegte sich zum Fenster. Er hörte Klavierklänge. Hörte sie sie auch?

Er wollte sie gerade fragen … Hörte sie? War es Tschaikowski? … War es etwas aus *Giselle*? … Aber es gelang ihm nicht, den Mund zu öffnen, die Augen von ihr abzuwenden, wie sie im Licht des Fensters stand. Und plötzlich stellte sie sich auf die Zehenspitzen und verneigte sich ganz tief. Und ihr Körper formte einen Bogen. Es war eine schöne, vollkommene Bewegung. Johan verstand nicht ganz, wovon er Zeuge geworden war. Aber als sie fertig war, bedankte er sich bei ihr.

Sie setzte sich wieder auf die Bettkante.

»Liegt es daran, dass ich Morphium nehme, wenn ich ständig glaube, Sie würden tanzen«, fragte er. »Ist es etwas, das ich mir einbilde?«

»Nein«, sagte sie und legte sein Kopfkissen zurecht. »Es ist nichts, was Sie sich einbilden.«

Und jetzt machte Dr. Meyer eine Armbewegung, die bedeutete:

»An der Zeit, von hier wegzugehen.«

Sie lächelte.

»Jedenfalls für eine gewisse Zeit.«

Ihm fielen die Worte »eine gewisse Zeit« auf. Das Leben dort draußen unter Gesunden war nicht länger sein Leben. Aber es sollte ihm gestattet sein, ein letztes Mal unter ihnen zu weilen. Die Schmerzen hatten etwas nachgelassen, und Johan Slettens Körper hatte positiv auf die Behandlung angesprochen.

»Aber«, sagte Dr. Meyer, die niemals aussah, als wolle sie tanzen, wenn Mai zugegen war, »zögern Sie nicht, mich anzurufen, falls etwas geschehen sollte.«

Mai führte ihren schmächtigen Mann aus dem Krankenhaus ins Auto und sie fuhren sogleich in ihr Ferienhaus nach Värmland. Es lag einsam an einem See, kurz hinter der norwegischen Grenze, mitten im Wald.
Es war ein friedlicher Ort.
Johan schlief die erste Nacht durch, und am ersten Morgen liebte er seine Frau. Johans abgemagerter Körper schlang sich um ihren Körper, bis sie seinen weichen Penis vorsichtig in sich einführte und leise stöhnte.
Sogar jetzt, in meinem halbtoten Zustand, kann sie mich genießen, dachte er verwundert.
Anschließend versorgte Mai das Eitergeschwür, presste die Flüssigkeit heraus und küsste vorsichtig sein Gesicht.

Er würde sich so gerne über diese Zeit freuen. Er hatte keine großen Schmerzen. Es kam ihm vor, als hätte er es geschafft, sich vor der ganzen Krankheit davonzustehlen. Aber das sagte er nicht laut, er sagte nicht: Ich habe mich vor der Krankheit davongestohlen. Würde er es laut sagen, würde das Unwesen kommen und sich rächen, das wusste er. Es war am besten, leise aufzutreten und die Zeit ein wenig zu genießen. Nicht zu sehr, aber ein wenig. Aber auch schon ein wenig zu genießen, war schwierig, denn Johan war an seinem ersten Morgen in Värmland mit einem Gerstenkorn am rechten Auge aufgewacht. Das Auge brannte und juckte und tränte, außerdem war das Lid geschwollen. Mai hatte einen schwedischen Kollegen dazu gebracht, ein Rezept für Augentropfen auszustellen. Jetzt saßen sie jeder in seinem Sessel und Johan hatte sich Mais Taschenspiegel ausgeliehen, um die Entzündung zu untersuchen. Er sagte: »Glaubst du, es ist etwas anderes als ein gewöhnliches Gerstenkorn?«

Mai saß über ein Buch gebeugt. Sie blickte auf.

»Nein«, sagte sie.

Johan kniff das Auge zusammen.

»Die Tropfen helfen nicht, Mai.«

»Es dauert wohl einen Tag oder zwei.«

»Aber es brennt noch mehr als heute Morgen.«

»Es ist ein gewöhnliches Gerstenkorn, Johan.«

Johan öffnete das Auge, spürte, wie es klopfte.

»Du glaubst nicht, dass es etwas ... Gefährliches ist?«

Mai seufzte.

»Nein. Du hast ein Gerstenkorn am Auge.«

Johan lachte ein wenig.

»Seit meiner Kindheit habe ich Angst davor, zu erblinden. Ich will nichts dramatisieren, Mai. Ich weiß, dass du der Meinung bist, ich würde die Dinge ab und zu dramatisieren. Aber ich habe immer Angst davor gehabt, zu erblinden, und ich habe nicht den Eindruck, dass es sich wie ein gewöhnliches Gerstenkorn am Auge anfühlt. Es ist etwas Schlimmeres. Es ist ganz deutlich etwas Schlimmeres.«

Mai warf das Buch auf den Boden, sah Johan an.

»Du hast ein Gerstenkorn am Auge, Johan. Du wirst nicht erblinden. Ich kann nicht glauben, dass du ...«

Sie führte den Satz nicht zu Ende.
»Du kannst nicht glauben, dass ich …«, flüsterte Johan. »Jetzt, wo ich ohnehin …«
Auch er führte den Satz nicht zu Ende.
Am nächsten Morgen war die Entzündung am rechten Auge so gut wie verschwunden.

Als sie ein paar Tage später beim Frühstück saßen, sagte Johan plötzlich, dass er der Meinung sei, sie sollten sich einen Hund anschaffen. Sie hatten früher einmal einen Hund gehabt, und jetzt wollte er wieder einen haben. Es war von seiner Seite nicht durchdacht. Es war nicht einmal ernst gemeint. Es war ein plötzlicher Einfall gewesen. Die Sehnsucht nach einer kalten, nassen Hundeschnauze an seiner eigenen Nasenspitze, dem Duft von Hundepfoten, dem warmen, lebendigen Hundekörper an seinem eigenen unruhigen Körper. Das alles veranlasste ihn zu sagen: »Ich finde, wir sollten uns wieder einen Hund anschaffen.«
Mai legte das Buch, in dem sie gerade las, beiseite und sah auf ihren Frühstücksteller, sie stocherte ein wenig in einer Tomate herum. Sie sagte nichts, holte aber tief Luft, einmal, zweimal. Und diese kurze Unterbrechung in der Unterhaltung, diese winzig kleine Pause, war nicht misszuverstehen. Johan wusste genau, was Mai dachte. Sie dachte: Ich will mich nicht allein um einen Hund kümmern müssen.
»Vergiss es«, sagte Johan. »Es war unbedacht von mir. Das Letzte, was du jetzt brauchst, ist ein Hund, um den du dich kümmern musst.«

Mai sah ihn an und lächelte.
»Und was solltest du mit einem Hund?«, fuhr er fort. »Du gehst ja nicht einmal gerne spazieren.«
Sie sah ihn unverwandt an.
»Du hast ja immer noch mich«, sagte Johan. »Wuff, wuff.«
»Johan, bitte … Vielleicht, wenn es dir wieder besser geht.«
»Wuff! Wuff!«
»Johan. Bitte lass das. Wenn es dir wieder besser geht.«
»Mir wird es nicht mehr besser gehen, Mai. Verflucht noch mal! Sieh mich an! Sieh mich an! Mir wird es nicht mehr besser gehen.«

Johan musste daran denken, wie Mai vierzig wurde. Ihre Haare waren immer noch hellblond, und ab und zu wurde sie für seine Tochter gehalten. Zum Geburtstag erhielt sie ein Kruzifix, das sie sich gewünscht hatte, und einen Welpen. Eigentlich war es Johan gewesen, der sich den Welpen gewünscht hatte. Sein ganzes Leben lang hatte er sich einen Welpen gewünscht, und jetzt schenkte er Mai einen zum Geburtstag.
Der Welpe war ein albinoweißes Labradorweibchen und hörte auf den Namen Charley. Obwohl es eine Hündin war, wollte Johan sie Charley nennen. Und der Hund hörte auf den Namen Charley besser als auf andere Namen, die sie ausprobiert hatten, zum Beispiel Klara oder Kira oder Carla.

Charley war einer dieser Hunde, die alt wirkten, sobald sie die Welpenzeit hinter sich hatten. Sie war langsam und schwer und hinkte ein wenig, aufgrund eines angeborenen Hüftschadens, der entdeckt wurde, als sie achtzehn Monate alt war. Und wenn sie nicht zusammen mit Johan durch den Wald trottete – niemals schnell genug, um mit anderen Hunden zu rennen oder zu spielen –, lag sie schlafend in ihrem Korb im Flur mit der tulpenroten Schnauze zwischen den Pfoten.

Charley war treulos. Ihr Zutrauen kannte keine Grenzen. Alle, die in ihre Nähe kamen, wurden mit Hingabe, Liebe und Dankbarkeit empfangen. Und eines Tages geschah Folgendes:

Charley und Johan drehten eine Runde um den Sognsvann. Auf halber Strecke stießen sie auf ein junges Pärchen, das am Ufer saß und grillte. Die junge Frau trug ein geblümtes, schulterfreies Kleid und der junge Mann, der sehr kräftig war und sich sicher gern zur Schau stellte, war von der Taille aufwärts nackt. Als Charley auf ihn zuhinkte, angelockt von der Grillwurst, die zwischen seinen Fingern baumelte, stand der junge Mann auf und versetzte Charley einen Tritt in die Seite. Charley stöhnte, wie ein Hund stöhnt, wenn er Schmerzen hat, und brach zusammen.

Johan stand ein Stück abseits. Er sah alles. Den Hund, der getreten wurde, stöhnte und versuchte, wieder auf die Beine zu kommen, den jungen Muskelprotz mit der Wurst, die zwischen seinen Fingern baumelte, und mit einem Grinsen um den Mund. Und Johan wusste, dass er etwas tun müsste. In diesem Augenblick. Jetzt hätte Johan Sletten der Welt zeigen können, was er konnte. Jetzt hätte er auf den Muskelprotz und seine Freundin zugehen und seinen wehrlosen alten Hund verteidigen müssen. Er hätte auf sie zugehen, die Wurst aus den Wurstfingern des Muskelprotzes reißen und ihn zusammenschlagen müssen. Verflucht! Auf ihn zugehen und seinen Hund verteidigen, der auf dem Boden lag und stöhnte. Aber Johan rührte sich nicht. Er ging vielmehr zwei Schritte zurück und versteckte sich hinter einem Baum. Johan war kein Muskelprotz. Mai verglich seinen Körper mit einer Bohnenstange. Und man geht nicht auf einen Muskelprotz los, wenn man selbst eine Bohnenstange ist. Und deshalb ging er zwei Schritte zurück, versteckte sich hinter einem Baum und rief mit brüchiger Stimme nach seinem Hund. Leise, leise. Damit ihn niemand hörte, am wenigsten der Muskelprotz, der sich mittlerweile von Charley, die auf dem Boden lag, abgewandt hatte und zu seiner Freundin und den Würsten zurückgekehrt war. Johan rief leise nach seinem Hund, um nicht Anstoß und Aufsehen zu erregen. Leise! Gerade laut genug, damit ein alter Hund die Stimme seines Herrchens hören, aufstehen, sich davonschleichen und ihn finden konnte.

Es war Charley – die gute alte Charley mit dem ängstlichen, vertrauensvollen Herzen –, an die er dachte, als er Mai fragte, ob sie sich nicht einen Hund anschaffen sollten. Mai hatte nein gesagt. Das Frühstück war dahin. Die gute Värmlandstimmung war gebrochen. Johan hatte sich vom Frühstückstisch erhoben und war in den Garten gegangen. Später ging er ins Bad und schloss die Tür. Dann stellte er sich vor den alten Spiegel über dem Waschbecken und studierte eingehend sein Gesicht.

Er hatte dieses Badezimmer eigenhändig renoviert. Blaue Badezimmertapete. Blauen Fußboden. Das Badezimmerfenster zum Wald und See hin stand offen. Die Meteorologen hatten schönes Wetter vorhergesagt, stattdessen hatten sie Wind, etwas Regen und eine Sonne bekommen, auf die man sich nicht verlassen konnte, eine skandinavische Sommersonne, die nicht wärmte, die jederzeit hinter einer Wolke verschwinden konnte und es auch tat. Johan fühlte sich schon am frühen Morgen schlecht. Er nahm das unbeständige Wetter persönlich – es war ein Zeichen. Alles war Zeichen. Das Wetter war ein Zeichen. Schmerzen oder das Fehlen von Schmerz waren ein Zeichen. Die Bücher, die er kaufte oder geschenkt bekam, und die Bücher, die er las, waren voller Zeichen. Ein Gedichtband von Dylan Thomas, ein Geschenk seines alten Freundes Geir, war ein Zeichen. Johan sagte: Ich kann es bekämpfen. Das soll es bedeuten. Ich kann es bekämpfen. Mai, hörst du mich. Wüte! Wüte! Ich gehe nicht so leicht in diese Nacht. Ich will nicht sterben. Bald würde Mai an die Badezimmertür klopfen, und wenn er nicht antwortete, würde sie vorsichtig die Tür öffnen und ihn vor dem Spiegel

sehen. Sie würde sich hinter ihn stellen, vielleicht die Arme um ihn legen. Und dann würden sie zusammen dastehen. Wange an Wange.
Mais Gesicht war ein Zeichen. Er pflegte ihr Gesicht forschend, fast misstrauisch zu studieren – in der gleichen Art, wie Fluggäste das Gesicht der Stewardess studieren, wenn das Flugzeug geschüttelt wird und das Licht in der Kabine ausgeht. Stürzen wir jetzt ab? Ist sie unruhig? Ist es bald vorbei?
Alles war Zeichen, an die Krankheit geknüpft. Johan sah sich um und fragte die Sonne, das Gras, den Himmel, die Bücher und Mai: Werde ich das hier überleben, werde ich sterben? Gib mir ein Zeichen! Erzähle! Und es war wie damals, als Mai den Fötus in ihrem Bauch verlor, entfernen ließ oder umbrachte – Johan konnte das richtige Wort nicht finden, und es war eins der Dinge, über die sie nie sprachen, nie! –, in dem Moment hatte er gedacht, der Wetterumschwung sei ein Zeichen. Er erinnerte sich ganz deutlich. Es war sonnig gewesen, und dann war Wind aufgekommen und es hatte angefangen zu regnen, und Mai hatte ihm gesagt, dass sie schwanger sei, aber abtreiben wolle. Er erinnerte sich an den Wetterumschwung. Er erinnerte sich an Mais Gesicht, als sie ihm erzählte, dass es ein Mädchen gewesen sei. Und er erinnerte sich an das Buch, das er in der Buchhandlung gefunden hatte, mit Bildern des Fötus in verschiedenen Entwicklungsstadien, und an das Herz, das achtundzwanzig Liter Blut am Tag durch den Körper pumpte.

Aber es würde eine Zeit auf diese folgen, in der Johans Krankheit schlimmer werden würde, ebenso der Schmerz, und wo die Zeichen aufhören würden, wo die Zeichen nicht länger Zeichen wären, sondern zufällige Ereignisse. So wie Johan selbst letztendlich ein völlig zufälliges Ereignis war. Es würde eine Zeit kommen, in der Johan einsah, dass die Welt ihm nichts erzählen wollte, denn der Körper war Fleisch, und Fleisch verdarb, dass die Schmerzen ihm nichts zu sagen versuchten. Alles war einfach nur da. Es gab keine Zeichen. Er stand nicht in geheimer Verbindung mit der Welt und die Welt stand nicht in geheimer Verbindung mit ihm. Sonne war Sonne. Regen war Regen. Fleisch war Fleisch. Schmerz war Schmerz. Und es würde eine Zeit kommen, in der Johan die Hände falten und flüstern würde: *Warum?* Und die Antwort wäre einfach: *Darum!*
Aber jetzt! Jetzt stand er vor dem Spiegel und hoffte, dass etwas geschehen würde, hoffte auf ein Zeichen, hoffte darauf, dass dieses Unwesen, das sich in seinem Körper eingenistet hatte und sein Leben überschattete, langen, unveränderlichen Tagen mit Sonne weichen würde. Mein … Leben, dachte er. Ihm fiel keine bessere Formulierung ein. Dort vor dem Spiegel würde er gerne etwas Erhabeneres sagen. Aber ihm fiel keine bessere Formulierung ein als mein … Leben. Ein kaltes Bier trinken. Lesen. Angeln. Neben Mai liegen, Hand in Hand mit Mai, Mais Haare und ihren Körper riechen. Während er in sich hineinhorchte, spürte er einen Anflug von Kopfschmerz

und Übelkeit. Und die Übelkeit machte ihm Angst. Es fehlte nicht viel, und er fürchtete, bald würde etwas Fremdes, etwas Schreckliches und Undenkbares mit ihm, mit seinem Körper geschehen, etwas, das er nicht vorhersehen und auf das er sich deshalb nicht vorbereiten konnte, das er nicht unter Kontrolle bekommen würde. Krämpfe. Blutstürze. Atembeschwerden.
Stunden entfernt zu sein von einem großen, modernen, erleuchteten Krankenhaus beunruhigte ihn. Er hatte sich darauf gefreut wegzufahren, aber »weg« war, so wie er es jetzt sah, nur mehr ein gefährlicher Ort. Er wollte nicht »weg« sein. Er wollte dort sein, wo es technisch möglich war, sein Leben zu retten. An einem Ort, an dem er nicht einfach ohne Weiteres sterben konnte, mit den Bäumen, dem Wald, dem Gras und dem stillen See als Zeugen. Wer sollte ihn retten, wenn er jetzt plötzlich umfiele? Mai? Die ihm nur ungern Valium gab, wenn er über Unruhe klagte. Zwar war sie Ärztin, aber ohne Hilfsmittel und Medizin, ohne das Wissen von Spezialisten. Und Johans Zustand verlangte nach den allerbesten Spezialisten. Er holte tief Luft. *Mein Zustand verlangt nach den allerbesten Spezialisten*. Er starrte auf das magere Gesicht im Spiegel, versuchte seinen Blick einzufangen, hielt die Luft an. Die Übelkeit fühlte sich jetzt noch schlimmer an, als hätte ihm jemand ein Holzstöckchen in den Hals gesteckt und sei dann gegangen. Oder waren die Kopfschmerzen schlimmer? Er hielt immer noch die Luft an, wollte sich nicht übergeben,

denn dann würde er spucken und spucken, und es würde kein Ende nehmen, bevor er nicht erschöpft auf dem Badezimmerboden lag, wie ein jämmerlicher dürrer Ast. Und wer sollte ihn dann retten?

Als Junge konkurrierten Johan und seine Kameraden darum, wer am längsten die Luft anhalten konnte. Unter Wasser die Luft anhalten, in Eisenbahntunneln die Luft anhalten, die Luft anhalten, bis jemand bis fünfzig oder siebzig oder gar hundert gezählt hatte. Und als Johans Sohn Andreas zehn Jahre alt war, fand ihn Johan in einem Kleiderschrank mit einer Plastiktüte über dem Kopf. Johan riss die Plastiktüte herunter und ohrfeigte den Jungen – nicht weil er ein Mann war, der gerne schlug, sondern weil er Angst hatte.

»Warum hast du das getan, Andreas?«

Der Junge zuckte nur mit den Schultern und ging weg.

Einmal, viele Jahrzehnte später, fragte er Mai: »Warum wirkt der Erstickungstod auf Kinder so verlockend?«

Mai dachte kurz nach, legte ihm dann einen Finger auf die Kehle und drückte zu, drückte noch mehr zu, bis er sie wegschob.

Er atmete aus, betrachtete sein Gesicht im Spiegel, trat einen Schritt zurück, musterte sich, die blassen Hände, die langen dünnen Finger, die Nägel, die seit geraumer Zeit nicht mehr geschnitten worden waren (er musste unbedingt daran denken, es gleich anschließend nachzuholen!), den weißen Hängebauch, der einem kleinen weißen Kinderrucksack glich, die dürren Beine, die immer schon dürr gewesen waren und die Mai dazu inspiriert hatten, ihn mit einer Bohnenstange zu vergleichen. »Scheußlicher Kadaver«, sagte Johan laut zu sich. »Scheißkadaver, verfluchter«, sagte er und war überrascht darüber, dass er das Wort »Scheiß« verwendet hatte. Er als alter, gebildeter Mann! Er trat näher an den Spiegel heran, untersuchte das Eitergeschwür auf der linken Wange, das heute feuerrot war und das ihm, wie er sich einbildete, zulächelte.

»Scheiße! Scheiße!«

Das Geschwür lachte immer noch. Johan lachte zurück.

»Scheiße! Ficken! Möse! Pimmel!«

Er hatte laut gesprochen, denn plötzlich hörte er Mais Stimme aus der Küche:

»Johan? Ist alles in Ordnung mit dir?«

Er murmelte eine Antwort.

Die Stimme aus der Küche: »Ich war einen Moment draußen …«

Er unterbrach sie.

»Alles in Ordnung, Mai. Ich schneide mir die Nägel.«

Er fuchtelte mit den Händen vor dem Spiegel herum.

»Schneide mir die Nägel, schneide mir die Nägel!«

Noch immer konnte er an seinen Fingern ihr Geschlecht riechen. Seinen Fingern, die sie vorsichtig, zärtlich und bestimmt in sich gesteckt hatte, als sie sich am Morgen geliebt hatten.

Der Tod dürfte streng genommen nichts an ihm auszusetzen haben, dachte Johan. Er hatte seine Vorkehrungen getroffen, war Vereinbarungen eingegangen, hatte seine Gebete aufgesagt. Andere starben, Johan nicht. Aber so etwas hatte er nie zu sagen gewagt, geschweige denn zu denken. Und gerade deshalb … Er rauchte nicht, er trank nicht, er fuhr nicht zu schnell, er prahlte nicht. Er war keiner von denen, die bei der Beerdigung anderer Erleichterung verspürten, und er war keiner von denen, die sagten: »Mir passiert das nicht.« Er wusste, dass solche Aussprüche einen Mann gerade dann treffen konnten, wenn er am wenigsten darauf gefasst war. Der Übermut. Er achtete darauf, nicht den Eindruck von Übermut zu erwecken – er wollte nicht provozieren. In seiner Beziehung zum Tod, einer Beziehung, die er nach und nach als eine Art Freundschaft betrachtet hatte – nicht zwischen Gleichwertigen, nein, keineswegs, aber dennoch eine Freundschaft –, war er demütig gewesen, nahezu unterwürfig. Ich weiß, dass es auch mir passieren kann, ich weiß, dass du größer bist als ich, aber ich benehme mich, ich benehme mich, sieh mich an, ich benehme mich, und ich bin über alle Maßen dankbar dafür, dass du mich in Ruhe lässt.

Als Johans Freund Ole Torjussen aus New York nach Norwegen zurückkehrte, nachdem er von seiner braunäugigen jungen Geliebten vor die Tür gesetzt worden war, wurde ihm nach nicht allzu viel Zwist von seiner Frau verziehen. Vier Jahre später erkrankte er und starb.

»Das ist die Strafe dafür, dass ich geglaubt habe, ich könnte glücklich sein«, flüsterte Ole Torjussen Johan zu. »Der Übermut hat mich zu Fall gebracht.«

»Unsinn«, antwortete Johan, doch der Gedanke war ihm natürlich auch schon gekommen, und er war erleichtert darüber, dass er selbst das Schicksal nie herausgefordert hatte, niemandem gegenüber untreu geworden war, nicht einmal seiner Frau Nummer eins, die er nicht mochte. Und er vergaß nie, für Mai dankbar zu sein. Nicht einen Tag zusammen mit Mai nahm er als selbstverständlich.

Nach Ole Torjussens Begräbnis sprachen sie nicht über sein Leben – die Trauernden – und schon gar nicht darüber, dass er das Schicksal wahrhaftig einst »herausgefordert« und das Glück auf der anderen Seite des Atlantik gesucht hatte. Nein, es war die Fähigkeit des Verstorbenen, schön, friedlich, rasch und mit Würde zu entschlafen (»nach mutigem Kampf dahingerafft«), die hervorgehoben wurde. Vor allem seine verzeihende Ehefrau legte Wert darauf. Am Sterbebett hatte man Kerzen angezündet, die Familie versammelt, und Ole Torjussen hatte sie alle und insbesondere seine Frau, seiner Liebe versichert. Und dann hatte er ihre Hand gedrückt und sie noch einmal um Verzeihung gebeten.

»Wofür denn, Liebster?«, flüsterte sie, denn sie wollte es gerne noch einmal hören.

»Für …«

Ole Torjussen sah ein paar schöne braune Augen vor sich, sah eine Dachgeschosswohnung an der Columbus Avenue in New York vor sich und einen Mann, der den Weg zeigte, wenn Fremde sich verlaufen hatten.

»Wofür denn, Liebster?«, wiederholte Ole Torjussens Frau.

»Für alles!«, flüsterte Ole Torjussen und schloss die Augen.

Er schloss die Augen, dachte Johan (der die Geschichte von Ole Torjussens Sterbebett mehrmals gehört hatte), zum Teil, weil er im Sterben begriffen war, zum Teil, weil er die schönen braunen Augen noch einmal sehen wollte, bevor es zu spät war.

»Er schloss die Augen und starb mit einem Lächeln auf den Lippen«, schluchzte seine verzeihende und im höchsten Maße blauäugige Frau.

Johan war noch ein kleiner Knirps, als er sich zum ersten Mal an den Tod wandte. Damals tat er es im Namen seiner Mutter. Sie war erkältet und hatte Fieber, und dem Jungen kam plötzlich der Gedanke, dass sie sterben könnte. Für immer verschwinden. Um den Vater sorgte er sich nicht, und er starb ja auch ein paar Jahre später, als Johan fünfzehn war. Aber die Mutter! Die Mutter mit den hübschen Händen. Mit den guten Küssen. Mit dem runden, weichen Bauch, in den er sein Gesicht bohren durfte. Sie durfte nicht sterben. Und er richtete den Blick zum Himmel, denn er hielt sich wohl irgendwo im Himmel auf, der Tod, und versprach, dass er kein Geld mehr aus Mutters Tasche nehmen würde und auch ansonsten ein lieber, folgsamer und braver Junge werden wollte, wenn die Mutter bei ihm bleiben durfte. Und der Tod erhörte ihn. Die Mutter genas und alles wurde wieder wie vorher mit einer Ausnahme, dass sich Johan von da an und natürlich in aller Heimlichkeit regelmäßig mit dem Tod unterhielt. Im Namen seiner Mutter, im Namen seiner Schwester und in seinem eigenen Namen. Wie gesagt: Um den Vater sorgte er sich nicht. Aber das erzählte er dem Tod nicht. Das erzählte er niemandem. Er gestattete sich nicht einmal den Gedanken daran, denn der Tod konnte aller Wahrscheinlichkeit nach seine Gedanken lesen. Dann, nachdem die Mutter wieder genesen war, wurde Johan zu einem lieben, folgsamen und braven kleinen Jungen. Richtig lieb war er. Auch dem Vater gegenüber, der ein unbeholfener und übel riechender Mann war. Ein gutmütiger Mann, ja. Gutmütiger als andere Väter. Er nahm sich Zeit, um mit Johan und seiner Schwester zu reden, vor allem mit Johan, der jünger war. Las ihm am Abend vor und nahm ihn mit zum Wandern und ins Kino. Sowohl während des Krieges als auch danach gingen sie ins Kino. Sie sahen sogar den deutschen Farbfilm *Die goldene Stadt*, für den Joseph Goebbels die letzten Worte der Heldin geschrieben hatte. »Vater, vergib mir, dass ich die Heimat nicht so liebte wie du!« Deshalb musste sie sterben. Sogar diesen Film sahen sie sich trotz der Proteste der Mutter an.

Johan schloss die Augen und hörte die Stimme seines Vaters.

»Ich will ihn nicht sehen, weil er deutsch ist, verflucht noch mal«, schrie der Vater, »ich will ihn sehen, weil er in Farbe ist!«

»Das macht keinen Unterschied«, flüsterte die Mutter. »Du verstehst das nicht. Es macht keinen Unterschied. Er kann so viele Farben haben, wie er will, er ist und bleibt deutsch. Die Leute werden darüber reden.«

Der Vater stellte sich vor die Mutter. Daran erinnerte sich Johan, und genau in dem Moment, als er sich daran erinnerte, indem er es vor sich sah, den Vater, der sich vor die Mutter stellte, sah er etwas, was er vorher nicht gesehen hatte.

Es war nämlich so, dass Johan, wenn er an seine Eltern zurückdachte, die Mutter als mächtig und den Vater als klein in Erinnerung hatte. Aber jetzt, sechzig Jahre später, vor dem Spiegel im Badezimmer, sah er plötzlich vor sich, wie es sich tatsächlich verhielt. Die Mutter war keineswegs mächtig, sondern im Gegenteil klein. Sie war eine winzige Frau. Der Vater war mächtig.

Der Vater stellte sich vor die Mutter und brüllte:

»Wer redet?«

»Alle reden!«, fauchte sie. »Alle! Und das weißt du!«

Johan schloss die Augen, und als er sie wieder öffnete und seinen Blick im Badezimmerspiegel fand, sah er die beiden erneut vor sich, wie er sie in Erinnerung hatte und wie er sie am liebsten auch in Erinnerung behalten wollte. Sie war groß, und er war klein.

Der Vater nahm den Sohn mit zum Wandern und ins Kino, er war gutmütig und gut. Aber er war dennoch ein unbeholfener und übel riechender Mann (Johan hatte den Verdacht, dass er sich nicht richtig zwischen den Beinen wusch) und außerdem hatte er keine

Freunde. Die Väter anderer Jungen hatten Freunde. Johans Vater nicht. Möglicherweise hatte die Einsamkeit des Vaters mit dem Krieg zu tun. Johan war nicht sicher. Die Väter anderer Jungen hatten Geschichten zu erzählen, und sie erzählten sie immer wieder, Johans Vater hingegen hatte keine einzige. Keinen einzigen Freund und keine einzige Geschichte.

Und dann eines Tages wurde die Mutter wieder krank. Erkältung. Fieber. Blässe. Das war 1946 und Johan war gerade dreizehn geworden. Der Arzt hatte einen besorgten Gesichtsausdruck, nachdem er im Zimmer der Mutter gewesen war, und Johan ging auf ihn zu und fragte: »Es wird wieder gut werden, nicht wahr? Mit Mutter?«

Und der Arzt antwortete, man dürfe die Hoffnung nie aufgeben. Johan nickte und verfluchte den Arzt im Stillen für diese dumme Antwort. Der Mann war Arzt, nicht Pfarrer. Hoffnung konnten sie den Hinterhofkatzen und Deutschenflittchen geben. Und als ihm der Vater, der schwache, übel riechende, gutmütige Vater mit einer Hand durch die Haare fuhr und genau das Gleiche sagte wie der Arzt – wir dürfen die Hoffnung nicht aufgeben, Johan, wir dürfen nicht aufhören zu hoffen, dass Mutter es auch dieses Mal schafft –, ja dann, dachte Johan! Dann!

Er schloss sich im Schlafzimmer ein, das er mit der Schwester teilte, fiel auf die Knie und flüsterte: »Hol ihn stattdessen. Hol meinen Vater, den ich lieb habe, anstelle von Mutter!«

Und dann kam es ihm vor, als flüstere der Tod: »Aber

wenn du deinen Vater lieb hast und deine Mutter ebenso, weshalb sollte ich dann ihn holen, wenn ich sie haben will?«
Johan dachte nach.
»Weil er schon länger lebt. Das ist … gerechter so.«
Es wurde einen Augenblick still. Johan sah zur Decke.
Und dann hörte er die Stimme wieder. »Ist der Grund nicht vielmehr, dass du dir nichts aus deinem Vater machst, Johan? Dass du der Meinung bist, dein Vater sei ein Mitleid erregender, übel riechender, feiger kleiner Mann, der ebenso gut jetzt schon sterben kann? Dass du deine Mutter vergötterst und ohne sie zugrunde gehen würdest? Ist es nicht so, Johan, mein Freund, dass du mich um einen Gefallen bittest?«
»Nein«, antwortete Johan und faltete die Hände, »ich habe sie beide lieb. Vater ist ein guter Mann, er meint es gut. Es ist nur gerechter, wenn du ihn zuerst holst. Er … er … ist zehn Jahre älter als sie.«
Johan sah wieder auf und begegnete seinem eigenen Blick im Badezimmerspiegel. Er sah müde aus. Er war müde. Es war eine Müdigkeit, die einfach nur anhielt. Tag und Nacht. Er war schlaflos und müde. Er schlief und war müde. Es machte keinen Unterschied. Er erinnerte sich an das kleine Mädchen im Krankenhaus, das glaubte, er sei genauso alt wie ihr Großvater. Er betrachtete sich. Dieses Gesicht hatte sie gesehen. Dieses Gesicht … Das arme Kind!
Am Tag nachdem der dreizehnjährige Johan den Tod um einen Gefallen gebeten hatte, verließ seine Mutter

mit schwachen roten Rosen auf den Wangen das Bett. Eine Woche später blieb sie den ganzen Tag auf und drei Wochen später war sie gesund und wieder bei der Arbeit. Johan hatte den Vorfall im Schlafzimmer schon fast vergessen, als er ein Jahr später ein Gespräch zwischen Vater und Mutter in der Stube mithörte. Vater war beim Arzt gewesen, das wusste er bereits, hatte aber nicht weiter darüber nachgedacht. Johan hörte Vaters ängstliches Flüstern und die ruhige, tröstende, sanfte Stimme der Mutter. Es wird wieder gut! Ich weiß, dass es wieder gut wird! Es wird immer wieder gut! Und dann hörte er, wie der Vater in Tränen ausbrach, hörte die Worte: *Ich habe Angst!* Johan setzte sich im Bett auf. Der Vater, dieser übel riechende, kleine Mann ohne Freunde, dieser gutmütige Mann, der immer gut zu Johan gewesen war, saß in der Stube und weinte und sagte, er habe Angst.
Johan beeilte sich, die Hände zu falten und Danke zu sagen.
»Danke, danke, danke«, flüsterte er und spürte gleichzeitig ein Weinen im Hals. Johan wischte sich mit der Hand über das Gesicht. Er legte sich wieder hin. Schloss die Augen. Lauschte den Stimmen in der Stube. Vaters leisem Weinen.
Johan faltete noch einmal die Hände.
»Du!«, flüsterte er in die Dunkelheit. »He, du!«
Keine Antwort.
»Ich weiß, dass du mich hörst, und ich will nur sagen, dass ich dir dankbar bin dafür, dass du getan hast, worum ich dich gebeten habe, aber dass es kein kleines

Opfer ist. Mein Vater ist ein guter Mann. Es ist nicht so, dass ich mir nichts aus ihm mache. Du hast gesagt, ich würde mir nichts aus ihm machen, aber das stimmt nicht.«

Johan blies auf den Spiegel. Er sah das Gesicht seines Vaters vor sich. Erhaschte einen letzten Blick auf das entsetzte weiße Gesicht, bevor die Mutter die Tür schloss und das Brüllen begann.

Er wollte nicht wie sein Vater enden. Er wollte selbst entscheiden, wann die Zeit reif wäre. Er wollte niemandem zur Last fallen und am allerwenigsten Mai. Nicht mehr, als er es bereits tat. Mai war siebzehn Jahre jünger als er, erst dreiundfünfzig. Und schlank. Groß. Fast hübsch. Er versuchte, sich Mais Gesicht in Erinnerung zu rufen, wie er sich das Gesicht seines Vaters in Erinnerung gerufen hatte. Aber es gelang ihm nicht. Er sah nur Nebel. Er hörte ihre Stimme in der Küche, sie summte und klapperte mit Tellern und Besteck. Es war nicht möglich, ein Gesicht vor sich zu sehen, das man so gut kannte. Wenn er darüber nachdachte, kam es selten vor, dass er ihr Gesicht in seinen Träumen sah. Das Gesicht seiner Mutter konnte er sich jederzeit in Erinnerung rufen, und das Gesicht seines Vaters, wie er im Sterben lag, bevor die Tür geschlossen wurde, und Alices Gesicht, wenn sie ihn anschrie, aber nicht Mais Gesicht. Was er aber konnte – wenn er die Augen schloss und sich an die Stelle in ihm vorwagte, die immer leuchtete –, war, sich die Freude in Erinnerung zu rufen, die sie in ihm weckte.

Nicht nur, als sie frisch verliebt waren, sondern heute noch. Als würde er eine Lichtung im Wald entdecken und die Walderdbeeren dort. Und ja, es gab einen Ort in ihm, der immer leuchtete. Einen unerklärlichen kleinen Funken in ihm, von dem er wusste, auch wenn nur wenige, die ihn kannten, Johan Sletten als einen Mann mit einem Funken beschreiben würden. Bei seinem Begräbnis wurde er als zuverlässig, sympathisch, witzig, klug und tüchtig beschrieben. Sein Interesse für Bücher, Filme und Musik wurde hervorgehoben, aber nicht übertrieben. Es war nicht so, dass von einer Leidenschaft gesprochen wurde, es wäre niemandem eingefallen, in Verbindung mit Johan ein Wort wie »Leidenschaft« in den Mund zu nehmen. Nicht einmal Mai, als sie zur Überraschung vieler bei Johans Beisetzung das Wort ergriff, vermittelte den Eindruck, dass sich die dreiundzwanzig Jahre währende Ehe um Leidenschaft gedreht habe. Worte wie Freundschaft, Fürsorge, Verständnis und Sicherheit wurden erwähnt. Vor allem Sicherheit. Mehrmals wiederholte sie das Wort Sicherheit. Es mag jetzt, wo alles vorbei ist, so aussehen, als wäre Johan der Einzige gewesen, der um die Existenz eines Funkens in ihm gewusst habe, eines kleinen blauen Funkens, eines JA! Und dafür wollte er kämpfen. Er wollte kämpfen, solange es ging. Es war nicht unmöglich, das alles zu überleben. Es war nicht unmöglich. Es gab viele Überlebensgeschichten. Johan hatte eine Liste über alle Überlebensgeschichten erstellt, von denen er gelesen oder gehört hatte, Frauen und Männer mit vergleichbaren Diagnosen, die überlebt hatten. Er konnte einer von ihnen werden. Einer von denen, die überlebten.

Aber wenn er nicht länger zu kämpfen vermochte, wollte er in Würde sterben. Bevor er in seinem eigenen Dreck gefunden wurde. Bevor er für Mai zu einer Last wurde. Und dies war seine Entscheidung, das musste sie verstehen. Es wäre seine letzte Bitte um Hilfe. Er wollte kämpfen. Oh ja! Er wollte kämpfen. Aber falls und wenn der Kampf nichts mehr bringen sollte, dann wollte er sie darum bitten, dass sie ihm dabei half, ohne allzu große Schmerzen und in Würde zu sterben.

Johan stand sich im Spiegel von Angesicht zu Angesicht gegenüber.

Das mit dem Hund hatte den Tag geprägt. Es war nicht einmal so, dass er einen Hund haben wollte. Als Charley im Alter von acht Jahren eingeschläfert wurde, hatte er beschlossen, nie wieder Hundebesitzer zu werden. Es war, wie gesagt, nicht der Wunsch nach einem Hund, der den Tag getrübt hatte, sondern dass ein ganz normales Gespräch zwischen zwei Ehepartnern darüber, ob sie sich einen Hund anschaffen sollten oder nicht, so verflucht existenziell wurde. Eine Frage von Leben und Tod wie alles andere zurzeit. Und zugleich auch nicht. Mai wollte keinen Hund haben, weil sie davon ausging, dass Johan bald seinen Hut nehmen würde (haha, was für ein Ausdruck, dachte Johan und schnitt seinem Spiegelbild eine Grimasse, seinen Hut nehmen! Ich nehme meinen Hut.

Johan Sletten nimmt seinen Hut), und sie wollte nicht allein die Verantwortung für einen Hund haben. Doch das sagte sie nicht. Sie würde nie darüber reden. Alle Gespräche, selbst die idiotischsten, trivialsten Gespräche, handelten davon, dass Johan bald seinen Hut nehmen würde. (Obwohl seinen Hut nehmen eigentlich eher davon handelte, einen Arbeitsplatz zu verlassen, überlegte Johan, und Johan würde mehr tun als das, er würde den Löffel abgeben, das Zeitliche segnen, die Augen zumachen, entschlummern.) Aber darüber reden … oh nein! Das wollte sie nicht. Und er im Grunde auch nicht. Aber sie machten auch keine Pläne für die Zukunft wie sonst. Mai wollte das nicht. Sie wollte nicht zugeben, dass sie glaubte, er würde sterben, aber sie wollte auch keine Pläne für die Zukunft machen. Sie wollte nicht einmal so tun als ob. Das war nicht Mai.

Das mit dem Hund hatte Gedanken in Gang gesetzt, und jetzt wollte er mit ihr reden. Er war durch seinen kleinen värmländischen Garten gelaufen, hatte das unbeständige Wetter verflucht (das er persönlich nahm, als ein Zeichen) und überlegt, dass er jetzt die Kontrolle über die Situation übernehmen musste. Eine Stimme, seine eigene, sagte ihm, dass er die Kontrolle übernehmen musste. Ja, so war es. Eine Stimme, ein anderer, tieferer Atemzug in ihm gewissermaßen, sagte ihm, das es jetzt verflucht noch mal an der Zeit sei, die Kontrolle zu übernehmen! Und genau in dem Moment lugte die Sonne hinter den Wolken hervor und schien auf ihn herab, schien mit einem kleinen

Teil ihrer enormen Kraft auf meinen schmächtigen Freund Johan Sletten herab, der überlegte, dass es an der Zeit sei, die Kontrolle über die Situation zu übernehmen.

Er streckte das Gesicht zum Himmel und ließ sich von der Sonne wärmen.

Die Zeit war reif.

Und das ist der Hintergrund für Johans und Mais Gespräch am gleichen Abend. Sie hatten gegessen. Johans Appetit war nicht groß. Von Essen, sogar von gutem Essen, wurde ihm übel. Aber es kam vor, dass er noch ein Glas Wein oder zwei genießen konnte, und das tat er an diesem Abend. Sie saßen am Küchentisch, unter der blauen Küchenlampe. Das Geschwür auf Johans linker Wange leuchtete rot und Mai sagte, eine Spur abwesend:

»Dein Geschwür ist feuerrot, ich werde es behandeln.«

Sie stand auf.

»Setz dich hin, Mai!«

Mai sah ihn an, verwundert. Sie setzte sich.

Und dann sagte Johan: »Lass mein Gesicht in Ruhe! Du und ich, wir müssen miteinander reden.«

Johan holte tief Luft.

»Das habe ich beschlossen!«

Beide zuckten bei seinem Tonfall ein wenig zusammen.

»Und wir sollten nicht gestört werden«, fuhr er fort.

Johan nahm die Hand hoch und berührte sein Gesicht.

»Sprich nicht über mein Gesicht.«

»Um Gottes willen …« Mai begann zu lachen.
»Ich habe …«, unterbrach Johan sie. »Ich habe nachgedacht.«
»Aha.«
»Ich will, dass du mir zuhörst, ohne mich zu unterbrechen. Das ist wichtig. Ich brauche deine Hilfe, Mai. Ich brauche deine Hilfe. Ich brauche dich … mehr denn je.«
»Johan?«
»Ich habe nachgedacht.«
Mai nickte.
»Ich bin krank, aber ich will dagegen ankämpfen. Ich will es. Vielleicht werde ich wieder ganz gesund … Vielleicht werde ich wieder gesund … Aber wenn nicht …«
»Johan«, unterbrach Mai ihn sanft. »Kannst du nicht einen Schritt nach dem anderen tun? Du fühlst dich wieder besser, nicht wahr? Können wir diese Zeit nicht zusammen genießen, ohne zu viel darüber nachzudenken?«
»Ich möchte jetzt ein paar Entscheidungen treffen«, flüsterte Johan. »Um dann den Rest meiner Zeit mit dir zusammenleben zu können, Mai. In Frieden. Ich will nur meinen Frieden haben.«
»Du bekommst keinen Frieden, solange du versuchst, alles, was in Zukunft passieren kann, vorherzusehen«, sagte Mai. »Mir kann morgen ein Dachziegel auf den Kopf fallen und dann heißt es *adios* Mai, ein für allemal. Es ist sinnlos, Dinge vorhersehen zu wollen …«

»Aber so hör mir doch zu«, rief Johan. »Ich sage ja nur, dass ich dagegen ankämpfen will, dass ich leben will. Ich will leben. Ich will nicht sterben. Aber ich will, dass du mir hilfst, falls … falls die Krankheit zu einer Belastung wird …« Er suchte nach den richtigen Worten. »Einer Belastung für uns beide.«

Mai sah zu Boden.

»Du bist keine Belastung«, flüsterte sie.

»Aber wenn ich es werde.«

»So denke ich nicht«, sagte sie energisch.

»Ich habe Angst vor den Schmerzen, Mai.«

»Schmerzen kann man lindern. Und ich bin bei dir. Ich bin die ganze Zeit bei dir.«

Johan sah Mai an, dankbar. Dann sagte er:

»Ich habe Angst vor der Demütigung. Ich will nicht, dass du mich so siehst … Ich habe Angst davor, die Kontrolle zu verlieren. Ich will nicht, dass das Letzte, woran du dich erinnerst, der *Gestank* sein wird. Ich erinnere mich, als mein Vater …« Er führte den Satz nicht zu Ende.

Mai sah ihn an, holte tief Luft.

»Ich verstehe, was du sagen willst, aber …«

Sie unterbrach sich selbst.

Mai hatte »aber« gesagt. Er wollte wissen, was nach dem »aber« kam. Er wollte wissen, ob sie die Worte »Ich bin bei dir« noch einmal wiederholen würde. Dass sie, egal worum er sie bitten würde, die Worte »Ich bin bei dir, die ganze Zeit« wiederholen würde. Aber sie sagte nichts mehr. Nicht »Ich bin bei dir« und auch nichts anderes. Nichts sagte sie. Stattdessen fing sie an, den Tisch abzuräumen. Er blieb sitzen und sah ihr zu. Die Haare, die sie zu einem langen, grauen Zopf geflochten hatte, die großen Hände mit den kurz geschnittenen, sauberen Fingernägeln, einen schmalen weißen Bogen an jeder Nagelspitze. Ein Zeichen der Gesundheit, hatte sie ihm einmal erzählt. Alice, seine erste Frau, hatte brüchige, dünne Nägel gehabt, an denen sie jedes Mal kaute, wenn sie sich vergaß. Hin und wieder ging sie in einen Salon, in dem ihre Nägel von einer Dame gepflegt und rosa lackiert wurden. Anschließend kam sie nach Hause, wedelte mit den Händen, ihren winzigen chinesischen Händen, vor Johans Gesicht herum und fragte, ob sie nicht hübsch wären. Er betrachtete seine eigenen ungeschnittenen Fingernägel. Schmale weiße Bögen an jeder Nagelspitze, auch bei ihm. Einmal hatte er seine Hand auf Mais Hand gehalten und gesagt, wir haben ganz ähnliche Hände, du und ich, und sie hatte ihre Hand zurückgezogen und gesagt, es bringe Unglück, die Hände zu vergleichen.

Mai hatte versprochen, bei ihm zu bleiben, die ganze Zeit. Ihm die Hand zu halten, bis es vorbei war. Ihn nicht zu verlassen. Seine Hand in ihrer. Mais Hand war gut, und er wollte, dass ihre Hand das Letzte war, was er in diesem Leben spüren sollte. Dass sie ihn auf die andere Seite führte.

Er hatte an Mais Hände immer als an gute Hände gedacht. Ruhige Hände. Sie, die sonst immer so schnell war, konnte sich plötzlich ganz eng an ihn schmiegen. Es war die Art, wie sie seinen Körper streichelte, die langsame Bewegung ihrer Hände schräg über den Bauch und weiter nach unten, die Art, wie sie seinen Hodensack umschloss, und dass es so langsam ging, so spielerisch langsam. Nicht stoßweise und linkisch und hart. Andere Frauen hatten keine Hände. Nur Mai hatte Hände.

Bevor sie an diesem Abend zu Bett gingen, machte Mai den Kamin an. Der Sommerabend kündete bereits vom nahenden Herbst, es ging ein kräftiger Wind und die nächtliche Finsternis kam plötzlich und unerwartet nach Monaten mit langen hellen Abenden. Johan und Mai saßen jeder in einem Sessel, jeder mit einem Buch. Es könnte ein ganz gewöhnlicher Abend sein, dachte Johan, wäre da nicht die Übelkeit, der Klumpen in seiner Speiseröhre, der weder nach oben noch nach unten wollte. Und das Gespräch mit Mai, das mit dem Wort »aber« geendet hatte.
Würde sie sagen, dass sie bei ihm bleiben wollte, würde sie diese Worte wiederholen?
»Sag es, Mai!«, flüsterte er.
»Sprich mit mir! Sprich mit mir!«
Er betrachtete sie, wie sie vor dem Kamin saß, im Schein der Flammen, die Nase im Buch, den Mund halb offen – wie ein kleines Mädchen bei seinem ersten Krimi. Aber Mai war kein kleines Mädchen mehr, oh nein, sie war eine ältere Dame, dachte er vergnügt, auch mit dem kindlichen Zug im Gesicht, der dazu führte, dass Fremde sie jahrelang für jünger gehalten hatten, als sie war. Eine ältere Dame, dachte er,

vergänglich auch sie. Ebenso wie die kleinen Mädchen, die glaubten, sie würden niemals sterben. Aber auch durch die Haare kleiner Mädchen werden Regenwürmer kriechen. Er lächelte, betrachtete sie. Es könnte hier zu Ende sein, dachte er. Es könnte ganz einfach hier zu Ende sein. Zwei alte Freunde. Johan und seine Frau. Johan und Mai, jeder in einem Sessel, jeder mit einem Buch, ein Spätsommerabend vor dem Kamin.

Er betrachtete sie, und sie wusste es nicht. Der glänzende, graue Zopf war am Ende des Tages ganz zerzaust, lose Haare standen in alle Richtungen ab, sie hatte eine runde Lesebrille auf der Nase und rote, heiße Wangen. Er streckte eine Hand aus, um ihr über die Wange zu streichen, aber er wollte sie nicht stören und zog die Hand wieder zurück.

Es könnte hier zu Ende sein. Ohne Schmerzen, ohne Schreie und Angst und Demütigungen. Nur dieser eine Augenblick – Johan und Mai und die Flammen im Kamin – und dann eine lange schwarze Nacht.

Hand in Hand mit der besten Freundin. So könnte es enden.

Johan schloss die Augen, dachte an eine andere Frau. Dachte an seine Mutter.

Mutter. Bevor sie starb, kam es gelegentlich vor, dass sie sich in einer Konditorei trafen, heiße Schokolade mit Sahne tranken und Brötchen aßen. Einmal hatte er sie gebeten, von seinem Vater zu erzählen. Meistens unterhielten sie sich über nichts Besonderes. Sie erzählte von dem widerlichen Nachbarn, den Damen im Bridgeclub, den langen, einsamen Besuchen im *Glasmagasinet*. Aber als er nach dem Vater fragte und sie zu erzählen begann, hielt sie plötzlich inne, wurde ganz still.

Sie saß ihm genau gegenüber.

»Das kann ich nicht«, flüsterte sie. Die Stimme war dünn. Das kleine, faltige Gesicht wandte sich ihm zu. Ihre Augen waren feucht.

»Du verstehst das nicht … Jedes Mal, wenn ich versuche, Vater vor mir zu sehen, sehe ich nur die Bilder der letzten Tage. Vater, verschmiert mit … Vater in tiefster Not, Johan. Und ich kann ihm nicht helfen. Als hätten sich diese Bilder über die anderen Bilder gelegt, die guten Bilder. Und es gab viele gute Bilder. Dein Vater und ich … Es war eine gute Ehe. Er war ein guter Mann. Aber ich sitze mit den schlechten Bildern da. Den ekelhaften Bildern. Und ich kann sie nicht wegschieben. Ich kann sie nicht löschen. Ich versuche es. Ich versuche, andere Bilder vor mir zu sehen. Gute Bilder. Aber ich schaffe es nicht. Ich kann mich gegen all das Ekelhafte nicht wehren.«

Johan hörte plötzlich, wie Mai in ihrem Sessel gähnte, das Buch war ihr in den Schoß gerutscht. Die Flammen im Kamin waren erloschen. Es war an der Zeit, zu Bett zu gehen. Sie unterhielten sich nicht. Verrichteten nur die üblichen Dinge, die Ehepartner jeden Abend verrichten, ohne sich gegenseitig zu stören, ohne sich im Weg zu stehen. Das Bett aufschütteln. Die Zähne putzen, die Badezimmertür schließen, auf

die Toilette gehen, die Hände waschen. Sich einen Gutenachtkuss geben. Das Licht löschen.
So war es immer, aber Johan wusste, dass er diese Nacht keinen Schlaf finden würde. Er schlief fast gar nicht mehr, hielt Mai aber nicht mit Klagen wach. Er hatte Kopfschmerzen. Ein drückender Schmerz über dem rechten Auge, als hätte ein wütender kleiner Mann seine Faust in Johans Stirn gerammt. Es war im Übrigen nichts Ungewöhnliches, bei unbeständigem Wetter Kopfschmerzen zu haben. Die Übelkeit war schlimmer, vielleicht, weil sie einfach anhielt und weil die Decke zu warm war und ein wenig roch und weil er keine gute Schlafstellung finden konnte. Er versuchte, an all die gesunden Zellen in seinem Körper zu denken, die die kranken vernichteten. Er versuchte es vor sich zu sehen, wie ein Psychologe ihm geraten hatte. Aber er sah vielmehr das Gegenteil, Tod Tod Tod Tod über die gesunden Zellen. Er verfluchte den Psychologen und die schlechten Ratschläge aller verdammten Psychologen. Er lag einfach nur da, und es wurde immer schlimmer.
»Alles in Ordnung, Johan?«
Mais Stimme war sanft. Sie war auch noch nicht eingeschlafen.
Johan sagte: »Gib mir deine Hand, ich habe Angst.«
Mai gab ihm die Hand.
»Hab keine Angst. Ich liebe dich.«
Seine Stimme versagte.
»Hilfst du mir, wenn ich es nicht länger aushalte? Hilfst du mir dann?«

Mai wurde still, drückte seine Hand.

Keiner sagte etwas.

Lange blieben sie so liegen, auf dem Rücken, nebeneinander, Hand in Hand in der Dunkelheit. Johan schloss die Augen. Er spürte ihre Hand und ihren Atem, ihren Duft und dass sie beinahe schlief, und es war tatsächlich möglich, dass er Schlaf fand. Die Übelkeit ließ nach. Der Kopfschmerz auch. Heute Nacht war es möglich, dass er Schlaf fand. Es war möglich, dachte Johan und drückte ihre Hand. Schlaf. Frieden. Du bist meine beste Freundin, Mai.

Und gerade, als ihn der Schlaf in seinen schwarzen Mantel hüllte, setzte sich Mai im Bett auf und machte die Nachttischlampe an.

Johan schlug die Augen auf.

»Was ist los«, flüsterte er. »Ich dachte, wir würden schlafen.«

»Wir haben nicht geschlafen«, sagte sie. »Ich jedenfalls nicht.«

»Was ist los, Mai?«

Sie seufzte.

»Das, worum du mich bittest, Johan, ist gegen das Gesetz!«

»Was denn?«

Johan rieb sich die Augen.

»Das, worum du mich bittest. Das, worum du mich mehrfach gebeten hast.«

»Ach das«, flüsterte er.

»Das ist gegen das Gesetz.«

»Welches verfluchte Gesetz?«, sagte er schnippisch.

»Das norwegische Gesetz. Und alles, wofür der norwegische Ärzteverband steht.«
Johan war jetzt wach.
»Und dein eigenes Gesetz, Mai?«
Mai schlug mit beiden Händen auf die Decke, fing seinen Blick auf.
»Mein eigenes Gesetz ist hier nicht relevant. Ist dir klar, dass du mich darum bittest, eine kriminelle Handlung zu begehen? Ist dir das klar?«
Johan traten die Tränen in die Augen. Darauf war er nicht gefasst gewesen.
»Wir müssen wohl in die Niederlande fahren, du und ich«, sagte er leise, »oder nach Belgien. Wo dies keine kriminelle Handlung ist. Und dann werden wir dort im Hotel sitzen und warten, bis der Kadaver so weit verfault ist, dass du dich im Einvernehmen mit dem Gesetz darauf einlassen kannst … denn das ist wichtig für dich, oder? Mir im Einvernehmen mit dem Gesetz eine Spritze zu verabreichen.« Johan holte tief Luft. Beide schwiegen. Dann sagte er, leise jetzt:
»Ich dachte, es wären andere Gründe … Ich dachte, du würdest es nicht tun wollen, weil … Ich dachte, du hättest persönliche Gründe. Ich habe nicht an das Juristische gedacht. Glaub mir. Ich habe daran als an eine persönliche Handlung gedacht, Mai, eine Abmachung zwischen zwei alten Freunden. Eine barmherzige Handlung, mehr nicht.«
»Ja«, sagte Mai.
»Du bist diejenige gewesen, die mit Charley zum Tierarzt ging, damals hast du nicht aufbegehrt.«

»Nein.«
»Wuff, wuff«, machte er.
Sie lächelte.
»Aber wen kümmert's?«, sagte Johan, als wollte er das Gespräch beenden. »Vielleicht überlebe ich das Ganze. Das ist es, was ich will, weißt du?«
Mai hörte nicht zu, sie war jetzt woanders, in Gedanken versunken. Er saß neben ihr im Bett, berührte ihren Arm, aber sie beachtete ihn nicht.
»Hallo Mai?«, flüsterte er. »Wo bist du? Komm zurück.«
Plötzlich ergriff sie seine Hand.
»Willst du wissen, warum das so schwierig für mich ist, Johan? Willst du wissen, was ich meine?«
»Ich dachte, wir würden schlafen«, sagte er.
»Ich werde dir sagen, was ich meine«, sagte Mai. Ihre Augen waren feucht. »Ich bin der Meinung, dass es ungeheuerlich ist, wenn man einen Menschen dazu zwingt, gegen seinen Willen zu leben. Ich bin der Meinung, es ist ungeheuerlich, dass Sterbenden, die große Schmerzen haben, nicht geholfen werden darf zu sterben, wenn sie es selbst wünschen, wenn sie darum bitten, meine ich. Du sprichst von Würde. Es gibt keine Würde, Johan. Ein sterbender Mensch, ob alt oder krank oder beides, wird infantilisiert – zuerst von der Natur, dann vom Gesundheitswesen. Hältst du das für Achtung vor dem Leben? Ich weiß, dass du das nicht denkst. Und ich will dich so nicht sehen. Ich will nicht. Das ist gegen alles, was gut und schön und lebendig ist.«

Johan sah zu Boden.
»Ja«, sagte er.
»Du bittest mich, dir zu helfen, und ich will dir helfen, Johan. Ich will es. Du bist mein Mann, und ich will dir alles geben, auch das. Aber ich habe Angst. Ich habe Angst, dass mich der Mut verlässt, weil du es bist. Weil du mein bester Freund bist. Weil ich dich nicht sterben sehen will, auch wenn du nur noch leidest. Und ich habe Angst vor den Konsequenzen … Es würde nur missverstanden und verdreht werden.«
Sie geht zu weit, dachte er. Sie geht zu weit. Das will ich nicht. So nicht.
Er sagte: »Aber es ist ja gar nicht sicher, Mai. Ich fühle mich im Grunde ganz gut. Es geht mir wieder besser, glaube ich.«
Mai nahm seine Hand in beide Hände. Sie kroch dicht an ihn heran und küsste ihn auf den Mund.
»Mein geliebter Johan.«
Johan räusperte sich und sagte: »Ich finde auch nicht, dass wir diese Diskussion zu weit treiben sollten. Ich meine, was ich gesagt habe, ich will nicht so sterben wie mein Vater … ohne Würde, ohne Menschlichkeit. Aber wir müssen die Diskussion auch nicht zu weit treiben. Ich liege ja neben dir und bin quicklebendig.«
Johan stand auf, stellte sich mitten ins Schlafzimmer und begann zu hüpfen. Er hüpfte auf und ab im weißen Licht der Nachttischlampen.
»Quicklebendig, siehst du!«
Er wedelte mit den Armen, hüpfte und rief: »Von jetzt an kannst du mich einfach Hüpf-Johan nennen!«

Johan hüpfte. Sein Atem ging schwer, der Brustkorb schnürte sich zusammen, aber er hüpfte. Hüpf-Johan hüpfte, auf und ab hüpfte er. Und jedes Mal, wenn er aufkam, gab der Holzboden ein dumpfes Geräusch von sich. Bumm! Bumm! Bumm!
Mai vergrub ihr Gesicht in den Händen.
»Hör auf, bitte«, flüsterte sie. »Leg dich wieder hin.«
Johan hüpfte weiter. Bumm! Bumm! Jetzt soll seine Frau sehen, wer bis zum Morgengrauen hüpfen kann, dachte er.
»Sieh mich an!«, stöhnte er. »Sieh nur, Mai!«
»Hör auf!«, schrie sie.
»Jetzt sollst du sehen, wer hüpfen kann, bis der Morgen graut und der Hahn kräht«, rief er.
Mai begann zu weinen.
Johan hörte auf.
Er atmete schwer. Er sah sie an. Ihre Ellbogen auf der Decke, ihr Gesicht in den Händen.
Er setzte sich. Strich ihr über das Haar.
»Mai?«
»Warum tust du das?«
»Hüpfen, meinst du?« Seine Stimme klang trotzig.
Er griff nach der Toilettenpapierrolle, die auf dem Nachttisch stand für den Fall, dass er nachts bluten sollte, riss ein langes Stück Papier ab und trocknete sich die Stirn.
Mai sah ihn an.
»Du behauptest, dass du ernsthaft darüber reden willst, Johan, und so reden wir. Aber dann willst du alles mit einem Scherz beiseite fegen. Weißt du was?

Du trivialisierst uns, Johan. Du tust, was du kannst, um über das, was uns ereilt hat, was dich und mich ereilt hat, nicht zu sprechen. Du bist krank, Johan. Du wirst nicht wieder gesund werden. Begreifst du, wie weh das tut? Und dass du es selbst nicht einsehen willst. Das tut ebenfalls weh. Wir müssen Pläne machen. Wir müssen Dinge ordnen …«
Ihre Stimme versagte erneut.
»Ich will kämpfen, Mai.«
Johans Stimme war dünn. Er wischte sich mit dem Papier die Stirn und das Gesicht trocken. Der Schweiß lief, sein Atem ging schwer und er spürte wieder die Übelkeit, als wollte irgendetwas in seinem Bauch oder Hals nach oben und ins Freie krabbeln, aber er flüsterte, er wolle kämpfen, und dann murmelte er, sie dürfe ihm nicht die Hoffnung nehmen, sie solle seine Hand nehmen und sagen, dass sie bei ihm bleiben wolle, immer, aber das hörte sie nicht. Vielleicht, weil es ihm nicht gelang, die Worte im Mund zu bilden und sie laut auszusprechen.
Mai sagte: »Dieses Gespräch, Johan, hat damit angefangen, dass du mich um etwas gebeten hast. Und ich muss wissen, dass du ganz sicher weißt, worum du mich bittest, und dass du ganz sicher weißt, dass du es willst – falls und wenn die Zeit reif ist. Das ist eines der Dinge, über die wir reden müssen.«
Johan sah sie an.
»Und die Konsequenzen? Für dich, meine ich?«
»Ich weiß nicht.«
Mai löschte die Nachttischlampe. Sie lagen eine Weile

im Dunkeln, ohne etwas zu sagen, lauschten dem Atem des anderen.
Dann flüsterte Johan: »Mir ist lieber, wenn du zu mir sagst, dass du bei mir bleiben wirst, wenn es schwierig wird. Dass du meine Hand halten willst. Du hast es vorhin gesagt, und das hat mir gefallen. Ich will so gern, dass du es noch einmal wiederholst. Das andere … dass du mir helfen sollst, wenn … das war noch nicht ganz durchdacht, aber du hast es ernst genommen. Das hat mir Angst gemacht.«
Johan lachte ein wenig.
»Ich weiß nicht, was ich will, verstehst du? Ich weiß nicht, was mich erwartet, und ich weiß nicht, was ich will.«
Sie drückte seine Hand. Er fuhr fort:
»Doch, ich weiß es! Ich will hier neben dir liegen.«
»Du sollst hier neben mir liegen.«
»Nur das. Sonst nichts.«
»Nur das.«
»Können wir das andere vergessen, mir hat unser Gespräch nicht gefallen. Ich will einen Schritt nach dem anderen tun.«
»Vergessen wir es.«
Er atmete aus.
»Gute Nacht, Mai.«
»Gute Nacht, Johan.«

Zuerst kam das Licht. Weiß. Heiß. Und dann der Kopfschmerz. Johan wachte von den Kopfschmerzen auf. Oder vom Licht. Oder von beidem. Dem Kopfschmerz und dem Licht. Die Laken waren schweißnass. Von seinem Schweiß und von ihrem Schweiß. Die Faust hatte sich weiter in seinen Schädel gebohrt, dabei war es eigentlich gar keine Faust mehr. Es war eine Hand, die einen Hammer hielt. Es war eine Hand, die in seinem Kopf hämmerte. Ihn kaputthämmerte, dachte er. Hämmere, hämmere, hämmere, murmelte er. Nur zu. Mach nur weiter. Johan krabbelte aus dem Bett, ging ins Bad, erbrach sich ins Waschbecken und begegnete seinem Blick im Spiegel. Das Geschwür grinste ekelhaft rot. Er wusste, dass sie heute in die Stadt zurückkehren mussten. Es ging nicht. Weg zu sein. Das ging nicht. Er hatte es schon gestern begriffen. Der Unterschied war, dass es jetzt eilte.

Er richtete sich auf und ging wieder ins Schlafzimmer zurück.

Mai war aufgestanden, hatte das Licht angemacht und angefangen zu packen.

»Ich nehme nur das Wichtigste mit«, sagte sie, ohne aufzusehen. »Ich komme zurück und packe in ein paar Tagen den Rest.«

»Wir müssen wohl ganz bald fahren«, flüsterte er.

»Ich weiß, Johan.«

Sie sah zu ihm auf, versuchte, ruhig auszusehen, aber in ihrem Gesicht konnte er genau erkennen, was sie in seinem Gesicht sah.

»Ist es so schlimm?«, flüsterte er.

»Nein, nein«, sagte sie und wandte sich ab.

Johan nahm ihre Hand und setzte sich auf die Bettkante. Sie setzte sich neben ihn. So blieben sie sitzen. Hand in Hand auf der Bettkante.

»Ich will nicht, dass es mir so geht, Mai. Ich will nicht, dass es mir noch schlechter geht. Die Kopfschmerzen … sie … ich weiß nicht, warum mir der Kopf so wehtut.«

»Wir werden es untersuchen lassen.«

»Das, worüber wir gestern gesprochen haben …«

»Ja.«

»Ich weiß nicht, was in mich gefahren ist … dass ich ein Gespräch, das ich selbst initiiert habe, nicht zu Ende führen konnte. Das ist wichtig für mich, verstehst du? Ich will, dass du mir hilfst, Mai. Ich will, dass du mir hilfst, wenn es so weit ist. Ich schaffe das nicht.«

Johan begann zu schluchzen.

»Hilf mir, Mai! Ich muss wissen, dass ich die Kontrolle habe! Es passiert einfach, es passiert! Verstehst du? Ich will ein wenig die Kontrolle haben! Versprich mir, dass du mir hilfst!«

»Ich werde dir helfen!«

»Ich will nicht gedemütigt werden.«

»Du sollst nicht gedemütigt werden.«

»Ich will die Kontrolle haben.«

»Du sollst die Kontrolle haben.«

»Und Würde?«

»Und Würde.«

»Hilfst du mir?«

»Ich helfe dir.«

»Versprichst du mir das?«

»Ich verspreche es.«
Sie rückte näher an ihn heran, legte den Arm um ihn und flüsterte:
»Bist du dir sicher, Johan. Ich muss wissen, dass du ganz sicher bist.«
»Ja.«
»Du musst mir sagen, wenn du nicht sicher bist.«
»Ich bin sicher.«
Johan sah Mai an. Er sagte, er sei sicher, und sie weinte. Aber da war noch etwas anderes. Ihr Gesichtsausdruck. Er hatte gelernt, dieses Gesicht zu deuten. Die Trauer über das Kind, das sie damals entfernen ließ. Die unbedeutenden Lügen, die sie erzählte und die er selten überhaupt kommentierte. Die Augenblicke, bevor sie einen Orgasmus hatte – ihr Lachen in dem Moment –, und ihr Mund, wenn sie schlief, ein wenig geschwollen, ein etwas hässlicher Mund, empfindsam und nicht ahnend, dass er beobachtet wird. Und jetzt. Ihr Gesicht. Johan sah sie an.
Sie erwiderte seinen Blick.
»Ich halte die Entscheidung für richtig«, flüsterte sie. »Kein Mensch, und schon gar nicht du, soll mehr als nötig leiden.«
»Nein«, murmelte er.
Sie wischte ihre und seine Tränen mit den Fingern weg.
»Und wir haben noch die Zeit, die uns bleibt, Johan. Sie gehört uns«, sagte sie.
»Sie gehört uns«, wiederholte er.
Sie stand auf. Er sah sie unverwandt an. Sie war so

leichtfüßig, Mai. Wie ein kleines Mädchen. Und ihr Gesicht. Mais Gesicht. Johan suchte nach einem Wort. Sie packte ein wenig weiter, ging in die Küche, drehte den Hahn auf. Er hörte fließendes Wasser. Er blieb auf der Bettkante sitzen. Sein Kopf. Er würde am liebsten schreien. AHHHHHHHHHHHHH. OHHHHHHHHHHH. AHHHHHHHHHH. Vielleicht konnte er hier sitzen bleiben und AHHHHHHHHH und OHHHHHHHH schreien, bis es vorbei war? Ein stechendes weißes Licht! AHHHHHHHHH. Noch ein Licht! Er sah seinen Kopf vor sich. Einen abgeschlagenen Kopf. Johans Kopf. Ja, genau. Auf einem Teller. Wer war das noch? Wer schnitt wem den Kopf ab und bekam ihn auf einem Teller serviert? War es Caesars Hut auf dem Teller? Nein, nein, nein. Kein gewöhnlicher Hammer, sondern ein Vorschlaghammer. Und Mai? Was war mit Mai? Mais Gesicht? Er hatte ihr Gesicht immer deuten können. Doch dieses Mal? In diesem Augenblick? Bevor sie aufgestanden und in die Küche gegangen war, um einen Hahn aufzudrehen. Was war da gewesen? Ein Wort. Es fiel ihm nicht ein. Sie hatte gesagt, dass sie ihm helfen wolle. Er hatte gesagt, dass er sicher sei. Sie hatten sich geeinigt. Und er hatte etwas in ihrem Gesicht gesehen. Als würde etwas endgültig loslassen. Er sah sie vor sich, wie sie am Klavier saß, die wenigen Male, die sie vergaß, dass sie nicht gut genug war. Wie hatte ihr Vater sich ausgedrückt? Sie war nicht begnadet. Die wenigen Male, die sie vergaß, dass sie nicht begnadet war.

Gnade, dachte Johan und sah Mais Gesicht wieder vor sich.

Johan flüsterte: Ich habe keinen Glauben. Ich habe keine Hoffnung. Aber ich habe Liebe.

Erleichterung vielleicht?

Ja, das war es. Nach diesem Wort hatte er gesucht.

Es war Erleichterung gewesen, die er in ihrem Gesicht gesehen hatte, als er sagte, er sei sicher.

Nicht Ruhe, sondern Erleichterung. Die arme kleine Mai.

Sie hatte ihm versprochen, worum er sie gebeten hatte. Immer wieder hatte er sie angefleht, und zum Schluss hatte sie ja gesagt, und dann hatte er die Erleichterung in ihrem Gesicht gesehen. Etwas in ihm zerbrach. So hatte er es sich nicht vorgestellt. Er wollte nach ihr rufen, sie schütteln, sie anflehen, sie einfach nur berühren. So habe ich es mir nicht vorgestellt, Mai! Aber er schaffte es nicht. Es kam nichts. Es tat weh. Die Worte wollten nicht nach draußen. Nur die Tränen. Oder nicht einmal die. Nicht einmal die Tränen, nichts als seltsame, fremde, widerliche Laute wie aus einem anderen Mund. Und die Schmerzen im Kopf, wie in einem anderen Kopf. Johan legte sich aufs Bett, zog sich die Decke über das Gesicht und blieb ganz, ganz still liegen. Wie damals, als er noch ein Kind war und darauf wartete, dass die Mutter ihn fand, ihn in die Arme schloss und tröstete, bis es endlich vorbei war.

# III
# Die Tür

Sein nackter, bläulich weißer Greisenkörper, der in einem grünen Krankenhemd steckte mit nichts darunter. Der Penis, die Hoden, die Pobacken … alles ist zu sehen. Wie ein zu groß geratenes Kind in einem zu kleinen, vererbten Sonntagskleid, denkt er und zieht an dem Krankenhemd. Das Gehirn voll von dem beruhigenden Stoff, den sie einem vor der Narkose geben, denkt er noch daran, an dem Krankenhemd zu ziehen. Warum deckt das Krankenhemd nicht das Wesentliche ab, das ganz Persönliche? Johan Sletten hat sich immer gewünscht, zu anderen Menschen einen gewissen Abstand zu halten. Doch jetzt liegt er hier mit entblößten Geschlechtsorganen wie eine Seeanemone.

Die Grüngekleideten beachten ihn nicht.

Die Grüngekleideten haben keine Gesichter, nur Hände, unendlich viele Hände, als seien sie alle Teil ein und desselben Körpers. Als würde man von den Händen eines riesigen, grünen Tintenfischs gepflegt, überlegt er und öffnet den Mund, um es ihnen zu sagen, aber aus dem Mund kommt kein Wort. Und in Kürze wird der Chirurg noch einmal das Messer bei ihm ansetzen, er wird sich Schicht um Schicht durch Haut, Knorpeln und Muskeln schneiden, und die ganze Zeit über wird Blut fließen. Obwohl hier alles grün und kalt und still ist wie auf dem Meeresgrund. Und während die Anästhesistin – eine Stimme, niemals ein Gesicht, nur eine Stimme – sanft und unendlich zärtlich flüstert, jetzt sollst du schlafen, Johan, sieht er das etwas verrostete Brotmesser in der Küchenschublade (der zweiten von oben) im Haus in Värmland vor sich, er sieht Mai vor sich, die gerade gebacken hat, oder ist es vielleicht seine Mutter? Vielleicht ist es Mutter?

Und wenn das Ganze vorbei ist, wird er den Grüngekleideten und all den anderen, die sich hier unten auf dem Meeresgrund aufhalten, von dem Geschmack von selbst gebackenem Brot mit Butter und frischer Walderdbeermarmelade erzählen.

Johans Mutter hieß Agnes Lind. 1930 heiratete sie Johans Vater, Henry Sletten, einen vorsichtigen, gutmütigen Mann, dessen hervorstechendstes Merkmal es war, dass er gerne ins Kino ging, sogar (als die Zeit kam) in deutsche Farbfilme, für die Goebbels die letzten Worte der Heldin geschrieben hatte. Der Vater war Kontorist, die Mutter Sekretärin. Sie wohnten mit ihren beiden Kindern, Johan und Johans älterer Schwester Anne, in einer Dreizimmerwohnung in der Ole-Vigs-Gate im Stadtteil Majorstuen in Oslo. Die Kinder besuchten die Majorstuenschule, und ihr Leben verlief ohne allzu große Dramatik. Als der Frieden kam, konnte der zwölfjährige Johan seine Mutter leise in der Küche singen hören:

*In meiner kleinen, kleinen Welt aus Blumen,*
*wird allzeit, allzeit das Glück verweilen.*

Der eindrucksvollste Tag im Jahr für die Familie, jedenfalls für die Kinder und vor allem für den Jüngsten, Johan, war Heiligabend. Allein das Wort. Sag das Wort Heiligabend oft genug vor dich hin und es kommt dir so vor, als würde sich ein großer grüner Fächer entfalten, mit glitzernden, farbensprühenden Pinselstrichen bemalt.

Heiligabend wurde bei Johans Großmutter, der Witwe Lind, gefeiert, einer resoluten grauhaarigen Dame, die trotz ihres strengen Äußeren und obschon ihre Weihnachtsgeschenke im Großen und Ganzen aus selbst gestrickten Wollschals und Strumpfhosen bestanden, ihre Familie vergötterte. Nachdem sie am Morgen des Heiligabend den Tisch mit einer Damasttischdecke, blauem Porzellan und dem guten Kristall mit kleinen Sprüngen in einigen Gläsern gedeckt hatte, nachdem sie die Kerzen am Weihnachtsbaum, den Johan und seine Schwester am Vorabend geschmückt hatten, angezündet und ihr schönstes, rotes Kleid angezogen hatte, ja, nachdem alles fertig gedeckt und geschmückt war, stellte sie sich ans Fenster, hinter die roten Gardinen ihrer Wohnung, die sie im Stadtteil Frogner bewohnte, mit einem kleinen Glas Sherry in der Hand, und wartete darauf, dass die Gäste kamen. Und wenn sie diese dann unten auf der Straße sah, in Winterschuhen und mit dicken Mänteln, Wollmützen auf dem Kopf und verpackten Geschenken unterm Arm, wie sie an einem schönen und erleuchteten Winterabend durch den Schnee stapften, flüsterte sie vor sich hin: *Sieh nur. Dort. Ja, dort kommt meine kleine Familie!*

Johan holte tief Luft. Jetzt kam es, alles auf einmal. Er hatte noch nicht einmal die Augen geöffnet. Aber alles kam, holterdipolter. Heiligabend, Großmutter. Und Mutter.
Johans Mutter, die bis zu ihrem Tod in ihrer kleinen, kleinen Welt gelebt hatte … Er hörte ihre Stimme von ganz weit weg, von hinter der Tür, nicht der blau gestrichenen Schlafzimmertür, nicht der geschlossenen Schlafzimmertür, Vaters Himmelspforte, sondern von hinter der Küchentür, die wenigstens nicht anstößig oder sonstwie genannt werden konnte, allenfalls sicher, weil sie immer einen Spaltbreit offen stand. Und hinter der Küchentür einen Schimmer von Mutters Haaren, einen Hauch von Mutters Stimme.

Die Kanüle in der Hand tat nicht weh, die Laken waren weiß, rein, steif, auf hundert Grad gewaschen in großen, einäugigen Waschmaschinen unten im Krankenhauskeller. Die Grüngekleideten gingen im Zimmer ein und aus. Sein Körper war für sie kein Geheimnis. Sie hatten ihn aufgemacht, in ihn hineingeschaut, weit in ihn hinein, sich ein Organ nach dem anderen vorgenommen, hatten alles berührt, was klopfte, atmete und lebte. Doch das Unwesen hatten sie nicht berührt. Ja, sie hatten hier etwas genommen und dort etwas genommen. Aber nicht das Unwesen. Die Ratte. Denn es war eine Ratte, die sich in seinem Körper eingenistet hatte. Sie tanzte, winselte, paarte sich und presste vor der Nase der Grüngekleideten immer neue Ratten hervor.

Bald würde er von der Intensivstation verlegt werden. Zurück in das Zimmer mit den anderen Patienten. Mai war schon bei ihm gewesen, hatte auf der Bettkante gesessen, war seinem Blick begegnet, als er aufwachte, hatte seine Hand gehalten, ihm die Wange gestreichelt. Und nach einer Weile, nachdem sie sich vergewissert hatte, dass er ganz wach war, ganz präsent, hatte sie geflüstert, dass sie nichts hatten tun können. Die Grüngekleideten hatten ihn aufgemacht, in ihn hineingesehen und gefolgert, dass es nichts gab, was sie tun konnten.

Man konnte ihn nur wieder zumachen.

»Verstehst du, was ich dir sage, Johan?«, flüsterte sie.

»Ich glaube ja.«

»Ich wollte es dir selbst sagen. Ich wollte nicht, dass …«

Johan nickte und sah zu ihr auf.

»Wusstest du, meine geliebte Mai, dass mein Vater die Schlafzimmertür blau strich? Er nannte sie eine Himmelspforte.«

Mai beugte sich über ihn und küsste ihn auf den Mund.

Er sog den Geruch ihrer langen Haare ein. Apfel. Oder vielleicht Birne. Auf jeden Fall war es eine Frucht.

Später wurde er in ein Sechsbettzimmer gerollt. Dort befand sich nur noch ein weiterer Mann. Einer, der hustete. Johan bat um einen Paravent. Er bekam einen Paravent. Um eine Morphiuminjektion brauchte er nicht zu bitten. Die bekam er ebenfalls.

Das war Mitte August. Drei Wochen später war er tot.

Es kam für niemanden überraschend. Er hätte noch einen weiteren Monat leben können, vielleicht zwei. Das weiß keiner. Aber das Unwesen hätte am Ende gewonnen, und die Schmerzen wären vielleicht erträglich gewesen, vielleicht aber auch nicht. Nach Mais Einschätzung jedenfalls waren Johans Schmerzen nicht länger erträglich. Denn eines Abends setzt sie sich zu ihm auf die Bettkante.

»Johan«, flüstert sie, aber er antwortet nicht, stöhnt nur ein wenig. Sie sieht ihn lange an. Zum Schluss macht sie ihre Tasche auf und holt zwei Spritzen heraus. Sie hat alles vorbereitet. Musste es. Sie darf nicht riskieren, dass sie von jemandem gestört wird, der vielleicht einen Aufstand macht, oder dass sie beim Suchen nach den Spritzen und Behältern den Mut verliert.

»Johan«, sagt sie noch einmal.

Er öffnet die Augen und sieht sie an, sieht sie direkt an.

»Es ist so weit … nicht wahr?«, fragt sie.

Und er sieht sie an.

»Ich glaube, es ist so weit, Johan.« Dieses Mal ist es keine Frage.

Er sagt nichts. Aber sie kennt ihn. Sie beide haben eine gemeinsame Sprache. Eine ganz eigene Sprache. Das hat er selbst viele Male gesagt. Oder war sie es gewesen? Und es ist so weit.

»Ich liebe dich«, flüstert sie und er schließt die Augen. Dann nimmt sie die Hand hoch, befeuchtet die Haut auf seinem Oberarm mit einem Wattebausch und verabreicht ihm die Spritze mit dem Schlafmittel. Sie sieht, dass er einschläft und keine Schmerzen hat. Dass es gut geht. Und dann verabreicht sie ihm die Spritze mit dem muskellähmenden Mittel *Curacit*. Sie wartet ab. So schnell und doch unmerklich. Keine Veränderung in seinem Gesicht. Das Geschwür auf seiner Wange blutet ein wenig. Aber nicht sehr stark. Was hatte sie eigentlich erwartet? Sie hat schon öfter Menschen sterben sehen. Es ist wie tief Luft holen. Sie nimmt sein Handgelenk in die Hand und fühlt seinen Puls. Es ist fast vorbei. Fast. Sie beugt sich über ihn – bei dieser Bewegung raschelt ihre Bluse – legt ein Ohr auf seine Brust. Gut! Das war's. Sie zieht sich zurück.

Exakt drei Wochen vorher: Johan schließt die Augen und denkt, Mais Haare riechen gut. Er sieht sie vor sich vor dem Spiegel, das Gleiten der Bürste durch ihre Haare. Eins-zwei-drei-vier-fünf …
Wenn er sich im Bett aufsetzte, wenn er es nur schaffte, sich aufzusetzen, würde er einen Schimmer von Mutters Haaren hinter der Küchentür erkennen. Er würde ihre Stimme hören. Die Lieder, die sie gerne gesummt hat. Vor allem das eine. Das einfältige kleine Lied, das sie noch liebend gerne sang, als alle anderen es schon vergessen hatten.

*All das Schöne, was mich in Träumen neckt,*
*hab ich in meinem Herzen versteckt.*
*Es gibt ein Bild vom Glück,*
*das alles überdeckt*
*in meiner kleinen, kleinen Welt aus Blumen …*

»Erinnerst du dich an unsere Spaziergänge, Mutter?«
»Klar tu ich das.«
Sie saß auf der Bettkante und sah ihn mit besorgtem Gesicht an, wie damals, als er klein war und Fieber hatte und von der Schule zu Hause bleiben musste. Sie trug ein blaues Kleid und beigefarbene Halbschuhe. Ihre langen dunklen Haare hingen ihr in einem Zopf auf dem Rücken.
»Kannst du mir die Hand auf die Stirn legen, Mutter?«
Sie schüttelte den Kopf.
Er war in jenem Sommer nicht älter als fünf oder sechs. Es muss neununddreißig gewesen sein. Die Familie hatte ein Haus auf dem Land gemietet. Und jeden Tag gingen Johan und seine Mutter auf die Suche nach Walderdbeeren.
Sie ging voran und er hinterher. Sie hatten jeder einen weißen Eimer in der Hand.
Mutter war ein langer brauner Zopf, der auf dem Rücken hing, ein dünnes weißes Baumwollkleid und ein Po, der beim Gehen von einer Seite zur anderen schwang.
Ja, so war es.
»Du hattest einen langen braunen Zopf und ein dünnes weißes Kleid?«, sagte Johan laut.
Er sah auf.
Seine Mutter saß immer noch auf der Bettkante, sie lächelte.
»Und eines Tages ging jeder von uns seinen eigenen Weg«, sagte Johan.
Der kleine Knirps, der kleine Johan, erblickte eine

Lichtung im Wald und stapfte drauflos, weg vom Weg, weg von der Mutter. Und dort, auf der Lichtung, zwischen Moos und Zweigen, unter einem großen Baum, fand er die Walderdbeeren. Zuerst erblickte er eine große rote, dann noch eine, und als er sich bückte und nachschaute, sah er, dass es ganz viele von ihnen gab. Richtig viele. Er konnte den ganzen Eimer füllen.
Johan drehte sich um und hielt nach ihr Ausschau. Er wollte ihr die Stelle zeigen.
Es war immer Mutter, die die Stellen mit den Erdbeeren fand. Niemals er. Bis heute. Und jedes Mal, wenn die Mutter die Stelle mit den Erdbeeren fand, winkte sie ihn zu sich, legte den Zeigefinger auf den Mund, damit er ganz still war. Als könnte ein lautes Geräusch oder eine unbedachte Bewegung die Walderdbeeren direkt vor seinen Augen in Klee und Flechten verwandeln. Es war fast so, als dürfte man nicht einmal blinzeln.
»Solche Stellen gibt es eigentlich gar nicht«, flüsterte sie. »Am besten pflückt man sie ab, bevor sie verschwinden. Lass sie nicht aus den Augen.«
Er lag auf den Knien im Moos und pflückte und pflückte und ab und zu drehte er sich um, um nach ihr Ausschau zu halten.
Wo war sie?
Er traute sich nicht, nach ihr zu rufen, solange der Eimer nicht voll war.
Sie würde stolz auf ihn sein.
Er, der kleine Johan, war im Begriff, genügend Beeren für die ganze Familie zu pflücken.

Er drehte sich noch einmal um. Warum kam sie nicht? Warum merkte sie nicht, dass er eine dieser Stellen gefunden hatte, eine dieser Stellen, an denen man ganz, ganz leise sein musste, damit sie nicht kaputtgingen? Man musste die Stelle überlisten, so tun, als würde man sie nicht sehen, als würde man sie nicht berühren: als wäre man überhaupt nicht da. Und Johan lag im Moos und pflückte und pflückte, und bei jeder Beere, die er in seinen Eimer legte, und jedes Mal, wenn er sich umdrehte und Ausschau nach der Mutter hielt (und einmal rief er sogar nach ihr, ganz leise, aber dennoch. M-u-t-t-e-r! M-u-t-t-e-r! Ganz leise, denn die Stelle hört alles), und jedes Mal, wenn er die Hand nach mehr ausstreckte – ja, nach noch mehr! –, erwartete er, dass sich die Stelle vor seinen Augen rächte und sich in einen wogenden grauen Sumpf voller Ungeheuer verwandelte. Johan drehte sich um. MUTTER!, schrie er. Wo bist du? MUTTER! Er sah sich um. Die Bäume, der Himmel, das Gras. Nichts. Jetzt hatte er ganz sicher alles kaputtgemacht. War er es nicht, der da schrie? Und alles und alle außer der Mutter hatten ihn gehört. Alles war kaputtgegangen. Jetzt konnte er nur noch warten. Er legte sich ins Moos, hielt sich die Ohren zu und dachte, der Sumpf ist schlimmer als die Ungeheuer. MUTTER!

Und dann spürte er ihre Finger in seinen Haaren, ihre Stimme ganz weit oben bei den Baumwipfeln und dem Licht. Aber Johan! Was ist denn los mit dir? Ich war doch ganz in deiner Nähe.

Er drehte sich auf den Rücken und sah sie an. Weiß

gekleidet, leise, lächelnd, den Zeigefinger über den Mund gelegt.

Er setzte sich auf.

»Mutter, sieh nur!«, flüsterte er.

Er zeigte ihr alles, was er gepflückt hatte, bevor er Angst bekam. Sie lächelte, beugte sich über den Eimer, hielt ihr Gesicht hinein und sog den Duft ein.

»Aber du sollst sie selbst nach Hause tragen«, lächelte sie. »Sie gehören dir allein.«

Als Johan die Augen öffnete und sich umsah, war es Abend geworden. Keine Geräusche, fast. Nur der Mann im Nachbarbett, der auf der anderen Seite des Paravents hustete. Er wusste nicht, wer der Mann war. Wenn er zwischendurch allein war, überlegte er, ob er ihn fragen sollte. Sich vorstellen und so. Die Einsamkeit war manchmal unerträglich.

Aber das konnte man nicht einfach tun, dachte er. Man konnte nicht einfach einem wildfremden Mann, der im Nachbarbett hustete, guten Tag zurufen, mein Name ist Johan Sletten, und die Einsamkeit ist fast unerträglich.

Mai kam jeden Tag. An den ersten Tagen nach dem, was als die letzte und missglückte Operation bezeichnet wurde, sprachen sie nicht viel. Sie hielt seine Hand, fragte, ob die Wunde schmerzte, befeuchtete seine Lippen mit Wasser. Allmählich erholte er sich. Das Morphium war ein Geschenk. Ein wirklich gewaltiges Geschenk der Götter. Im wörtlichen Sinne, dachte er. Benannt nach dem Gott der Träume, Morpheus, dem Sohn des Schlafgottes Hypnos. Obwohl es Tage gab, an denen er überhaupt nicht müde war. Das Morphium machte ihn munter. Und eines Tages, als Mai zu Besuch kam, saß er im Bett mit einem Kissen im Rücken und las eine Biografie, die in der Zeitung gerade positiv besprochen worden war.

Mai setzte sich auf die Bettkante. Er sah sie an. Sie hatte sich geschminkt. Nicht sehr stark. Nur die Lippen und die Lider ein bisschen. Mai schminkte sich nie. Aber jetzt hatte sie es getan. Es war schön.

Und außerdem trug sie ein rotes Seidentuch um den Kopf. Das rote Tuch auf den langen grauen Haaren verlieh ihr etwas Künstlerisches, dachte er. Etwas Karen-Blixen-Artiges.

Das sagte er zu ihr.

»Und wenn du meine Biografie schreibst, sollst du sie ›Fest im Morphiumtal‹ nennen«, sagte er.

»Fest im Morphiumtal«, lachte sie.

»Ja. Es soll eine lange und leidenschaftliche Trauerschrift über mein Leben werden. Ich glaube, ein solcher Titel verleiht sowohl dir, der Autorin der Biografie, als auch mir, deinem Stoff, eine Art dunkler Aura der Mystik und Erniedrigung.«

»Erniedrigung, genau«, sagte sie.

»Erniedrigung, Mai. Du musst den Eindruck vermitteln, als hätte ich ein hektisches, gefährliches und destruktives Leben geführt.«

Mai streichelte ihm die Wange.

»Du bist nun einmal mein Johan, du.«

Da war sie wieder. Ihre sanfte Stimme. *Du bist nun einmal mein Johan, du.*
Er schob ihre Hand weg. Das überraschte sie. Ihre Augen wurden feucht.
Er wollte sie nicht anschauen. Der Mann im Nachbarbett hustete. Johan flüsterte:
»Du hast dich geschminkt, Mai.«
»Nein, nicht wirklich. Ich habe nur …«
»Du hast dich für mich geschminkt. Du wolltest besonders schön sein, wenn du hierher kommst und deinen sterbenden Mann im Krankenhaus besuchst?«
»Ich schminke mich immer ein wenig. Das weißt du. Es ist heute nicht anders.«
»Und du trägst ein rotes Tuch im Haar?«
»Ja.«
»Du siehst schön aus.«
»Danke.«
Sie sah zu Boden. Ihre Augen waren immer noch rot. Dann sagte sie: »Ich habe mit Andreas gesprochen. Ich habe ihn gebeten zu kommen.«
»So? Wollte er das denn?«
»Ich habe ihm gesagt, wie ernst es um dich steht und dass es vielleicht höchste Zeit wäre.«
»Und daraufhin wollte er kommen?«
»Er hat erzählt, dass er eine Freundin hat.«
»Das war höchste Zeit. Wie alt ist der Junge jetzt?«
»Über vierzig. Dreiundvierzig, glaube ich.«
»Über vierzig, du.«
»Er hat erzählt, dass er eine Freundin hat. Ellen heißt sie.«

»Ellen«, wiederholte Johan. »Auch sie über vierzig?«
»Nein, nein. Überhaupt nicht. Vierundzwanzig, hat er gesagt. Und ganz süß. Sie arbeitet in der Produktion.«
»Der Produktion von was?«, fragte Johan.
»Ich weiß nicht«, sagte Mai. »In der Produktion. Er hat nur ›Produktion‹ gesagt.«
»Aber meine Güte, Mai. Du musst doch fragen: ›Produktion von was denn?‹«
Mai seufzte. Er drehte sich um und sah sie an. Sie biss sich demonstrativ auf die Lippen.
»Johan«, sagte sie. Bestimmt jetzt. »Du hast mit Andreas fast acht Jahre nicht gesprochen, und ich kenne ihn kaum. Ich dachte, es sei vielleicht eine gute Idee, wenn ihr miteinander redet, bevor – ja, du weißt schon.«
Sie unterbrach sich selbst.
Johan wandte sich wieder dem Paravent zu.
»Haben Sie das gehört?«, rief er dem Fremden auf der anderen Seite zu.
»Ich habe einen Sohn! Er heißt Andreas!«
Der Fremde hustete. Durch den Paravent konnte er einen Schatten sehen, der sich bewegte.
»Und mein Sohn hat jetzt eine Freundin. Ein richtig süßes Lämmchen von vierundzwanzig Jahren. Er selbst ist über vierzig.«
Der Fremde hinter dem Paravent seufzte: »Halten Sie den Mund, Mann! Ich habe auch einen Sohn!«
Johan fuhr zusammen. Lehnte sich zu dem Paravent hinüber, um zu hören, ob noch mehr folgte. Aber es

war jetzt still. Nur das Geräusch eines Körpers, der mühsam versuchte, sich in dem hohen Krankenhausbett von einer Seite auf die andere zu drehen.
Er wandte sich wieder Mai zu. Ihre Augenschminke war ein wenig verlaufen. Johan lächelte verschämt, nahm ihre Hand.
»Erzähl mir, was Andreas gesagt hat. Wollte er mich sehen?«
»Ja, am Ende wollte er es. Ich musste andeuten, dass du nur noch ... dass du nicht mehr ... dass vielleicht nicht mehr viel Zeit bliebe.«
Er sah sie an, richtete sich abrupt auf. Ein Ziehen – als würde die Operationswunde reißen. Er schrie auf.
»Warum zum Teufel hast du es dann gemacht?«
Mai machte den Mund auf, um es zu erklären.
»Warum hast du überhaupt etwas *angedeutet?«*
»Weil Andreas dein Sohn ist. Er hat ein Recht darauf, es zu erfahren. Es ist eine Möglichkeit der Versöhnung. Ich will, dass ihr euch versöhnt, bevor es zu spät ist.«
»Verflucht, Mai. Du redest, als würde ich morgen sterben.«
»Ich rede über Versöhnung. Ich rede davon, dass die Zeit reif ist für Versöhnung.«
Sie war einen Augenblick still.
»Johan. Der Grund dafür, dass ich Andreas so viel erzählt habe, war, dass er mir sagte, Ellen sei schwanger.«
»Wer ist Ellen, verflucht noch mal?«
»Seine Freundin. Von der ich dir gerade erzählt habe.«

»Die Vierundzwanzigjährige?«

»Ja.«

Johan lachte laut.

»Die in der Produktion beschäftigt ist!«

»Ja.«

Sie schwiegen beide. Dann sagte Mai:

»Ein Enkelkind, Johan. Sie ist im neunten Monat, der Termin steht kurz bevor. Das ist der Grund, weshalb ich das Gefühl hatte, es sei nötig, Andreas so viel zu sagen.«

Es wurde wieder Abend. Mai war seit langem gegangen. Und es wurde Nacht. Warum, dachte er. Warum hatte sie ein rotes Seidentuch im Haar?

»Sie putzt sich heraus, Johan.«

Das war Alices Stimme.

Alice, seine Frau Nummer eins, *das Pferd*, setzte sich auf die Bettkante.

Johan seufzte. Das war nicht gerecht. Litt er nicht schon genug? Johan wollte den Mann hinter dem Paravent fragen, ob auch er von den Toten besucht wurde. Es war so, wollte er sagen, es war so, als wären die Wände zwischen dieser Welt und der anderen im Begriff zu zerbröckeln. Aber er ließ es bleiben. Er sagte nichts. Mit dem Mann hinter dem Paravent reden zu wollen, würde bedeuten, dass er sich umdrehen musste. Und schon eine ganz einfache Bewegung, wie zum Beispiel die, sich umzudrehen, tat weh und war folglich die Mühe nicht wert. Deshalb blieb er liegen, wie er lag, die Augen weit geöffnet. Er versuchte, an Mai zu denken, aber es beruhigte ihn nicht. Und dann dachte er an Alice. Dass Alice auf seiner Bettkante saß und wie immer war.

Er sagte: »Du bist wie immer, Alice.«

Sie sah ihn forschend an.

»Das kann man von dir nicht sagen, Johan. Du siehst hässlich aus.«

»Es ist immer schön, deine Stimme zu hören. Ich habe dich vermisst.«

»Ich habe dich nicht vermisst.«

»Nein? Das hätte ich nicht gedacht. Wen beschimpfst du jetzt, Alice? Den Herrgott vielleicht?«

Sie antwortete nicht. Johan fuhr fort:

»Unser Sohn wird Vater. Wusstest du das?«

»Ich wusste es.«

»Höchste Zeit, finde ich. Er ist über vierzig.«

»Er ist dreiundvierzig.«

Johan sah sie an. Ihre Hände, die Finger mit den angeknabberten, lackierten Nägeln. Ihr Pferdegesicht. Von allen Geistern, die sich auf seiner Bettkante niederlassen konnten – weshalb musste ausgerechnet sie es sein? Warum nicht sein alter verstorbener Freund Ole Torjussen? Oder eine Berühmtheit? Oscar Mathisen, zum Beispiel? Oder Strindberg?

Sie unterbrach seinen Gedankenstrom, flüsterte: »Wird er dich beerben, Johan?«

»Was um Himmels willen …«

Sie betrachtete ihre Nägel.

»Du brauchst dich nicht aufzuregen, ich will nur

sichergehen, dass Andreas das Geld erbt. Ich will nicht, dass das Geld, das im Prinzip *mir* gehört hat, an deine neue Frau geht. *Ich* habe es geerbt. Es war das Geld *meines* Vaters.«

»Das Geld liegt auf einem Konto, Alice. Ich habe keine Öre angerührt.«

»150 000 Kronen plus die Zinsen von zwanzig Jahren.«

»Ja, in etwa.«

»Das ist viel Geld.«

»Und alles geht an Andreas. Das versichere ich dir.«

»Ich vertraue dir nicht.«

»Das hast du nie getan.«

»Und mit gutem Grund.«

Johan stöhnte.

»Du bist nicht mehr unter uns, Alice!«

Er rappelte sich mühsam auf und schrie.

»Du bist nicht mehr unter uns! Du bist seit zwanzig Jahren nicht mehr unter uns! Du kannst doch nicht den ganzen Weg aus deiner Welt in meine gekommen sein, um mit mir über Geld zu streiten! Das ist zu … kleinlich.«

Sie sagte: »Du bist nun so gut wie in meiner Welt, Johan.«

»Geh weg!«

Sie machte einen Schmollmund.

»Armer kleiner Johan.«

Er ahmte ihre Stimme nach: »Armer kleiner Johan. Armer kleiner Johan.«

Die Tränen bahnten sich einen Weg und er warf ein Kissen an die Wand.

»Geh weg, sage ich! Geh weg! Lass mich in Ruhe!«
»Liebster Johan. Kein Grund, eine Szene zu machen.« Sie sah ihn forschend an, beugte sich näher zu ihm herüber, flüsterte: »Was hast du denn da auf der Wange? Ein Geschwür? Unangenehm, finde ich. Als wärt ihr zu zweit.«
»Kannst du mich nicht einfach in Ruhe lassen, Alice?«
»Weißt du noch, dass du gesagt hast, falls ich in den Himmel käme, wolltest du lieber in die Hölle? Dann bräuchten wir die Ewigkeit nicht miteinander zu verbringen.«
Johan nickte.
»Bist du denn in den Himmel gekommen?«
Alice sagte: »Es gibt nichts, worauf du dich freuen könntest. Keinen Himmel, keine Hölle. Nur den Tod, oder etwas noch Schlimmeres.«
Johan summte:

*Vielleicht steht der Tod schon da und lauert*
*hinter zackigen Korallen –*
*er ist hart, aber ehrlich,*
*also sing he und ho.*

Der Mann hinter dem Paravent hustete. Es war niemand anders im Raum. Wo war Mai? Warum kam Mai nicht? Wie spät war es? Johan wollte sich umdrehen und zu dem Mann hinter dem Paravent etwas sagen, aber dann hörte er wieder ihre Stimme. Sie ging ihm nicht aus dem Kopf, trällerte, summte und klagte.

»Warum hast du mich ins Wasser gestoßen, Johan? Du wusstest, dass ich nicht schwimmen konnte.« Alice sah ihn eindringlich an.
»Warum?«
Er überlegte. Zum Schluss sagte er:
»Es kam mir vor wie das Natürlichste der Welt, Alice. Du hast auf der Anlegerkante gestanden, und es war ganz offensichtlich, dass du ins Wasser musstest.«

Als Mai am späten Vormittag kam, fühlte Johan sich besser. Er saß im Bett, nachdem er im Morgengrauen endlich etwas Schlaf gefunden hatte.
Heute trug sie ein Kleid, das er noch nie gesehen hatte. Eng über den Brüsten und in der Taille und weit von der Hüfte abwärts. Ein hübsches rotes Kleid, aber ein bisschen jugendlich, vielleicht. Sie war schließlich über fünfzig.
»Neues Kleid, Mai?«
»Nein«, sagte sie und setzte sich auf die Bettkante. Sie fummelte an einem Ärmel herum, lachte ihm zu. »Ich habe es auf dem Boden gefunden.«
»Wir haben keinen Boden!«, sagte Johan. »Wir haben nicht einmal eine Dachkammer.«
»Du weißt, was ich meine. In einem der alten Koffer im Keller.«
»Ach so! Das meintest du.«
Mai sah zu Boden. »Ich habe noch einmal mit Andreas gesprochen. Er möchte gerne kommen. Schaffst du das?«
»Ja.« Johan betrachtete sie eingehend. Ihre Ohrringe

waren ebenfalls neu. Zwei rote Sterne, die an einem silbernen Faden baumelten. Er sagte: »Du hast von Versöhnung gesprochen?«

»Ja.«

Er sagte: »Er wird mich beerben, weißt du? 150 000 Kronen plus die Zinsen von zwanzig Jahren. Es war Alices Geld. Du erbst eigentlich gar nichts, Mai, nur Schulden.«

Mai sah ihn an, streichelte ihm die Wange.

»Hattest du eine schlimme Nacht, mein armer Johan? Du siehst müde aus. Es geht dir nicht so gut, oder?«

Er schob ihre Hand weg.

»Ich hatte eine ausgezeichnete Nacht. Ich fühle mich wie ein Marathonläufer. Weißt du, was Andreas für ein Mann ist?«

»Ich kenne ihn ja nicht so gut. Er wirkt netter als bei unserem letzten Gespräch.«

»Er ist ungenießbar. Er ist einer dieser Männer, die alle anderen korrigieren, Freunde und Fremde, Junge und Alte, alle! Er hat keine Hemmungen. Wenn jemand zum Beispiel ein Wort falsch ausspricht, setzt Andreas unmittelbar ein hämisches Lächeln auf und verbessert den Betreffenden. Das Problem ist nur, dass er selbst fast ausnahmslos Wörter falsch ausspricht.«

»Oje«, sagte Mai.

Johan fuhr fort. »Einmal war er mit ein paar neuen Freunden im Restaurant. Man bemerke, Mai. Immer neue Freunde. Es gibt keinen Menschen auf dieser Welt, auf den Andreas zeigen und von dem er sagen kann: ›Das ist mein alter Freund soundso. Wir kennen uns seit der Schulzeit.‹«

»Das weißt du nicht, Johan«, unterbrach ihn Mai. »Du hast ihn seit acht Jahren nicht gesehen.«

»Er ist mein Sohn. Ich kenne ihn.«

Johan holte tief Luft.

»Also! Er war mit diesen neuen Freunden im Restaurant und ein junger Mann erklärte, er würde sich Chèvre bestellen. Daraufhin lächelte mein Sohn Andreas und sagte: Das heißt *Chevré*, mit Betonung auf dem zweiten e. Mit *accent aigu*. So. Er formte den Mund zu einem Kuss und hob ein klein wenig die Hand. *Chevré!* Einfach, nicht wahr? Niemand hat es ihm gesagt. Dass seine Aussprache absurd war. Sie ließen ihn gewähren, schmeichelten ihm, interessierten sich für ihn, lockten ihn aus der Reserve. Sie fragten, ob er Französisch spreche, und Andreas antwortete, ja doch, er spreche ein bisschen Französisch. Nicht viel, aber *oui, oui,* natürlich, sagte er und hob das Glas. Dann habe er womöglich den völlig unterschätzten französischen Autor Marcel Bavian gelesen, dessen Erzählungen gerade entdeckt wurden? Eine junge Frau stellte die Frage. Und selbstverständlich hatte Andreas Marcel Bavian gelesen. Mit großer Freude. Vor allem die Erzählungen. Marcel Bavian schrieb vorzügliche Erzählungen: knapp und doch inhaltsreich, ohne sprachliche Prätentionen und voll und ganz auf das Schmerzzentrum des Lesers gerichtet.«

Johan schaute Mai an.

»So ein Typ ist er. Er kapiert es erst hinterher … dass, als sie lachten, das Lachen ihm galt.«
»Aber woher weißt du das?«
Mai lächelte. Sie war ganz Ohr. Sie plauderten miteinander. Das mochte er.
»Er hat es mir erzählt. Nicht so, wie ich es dir jetzt erzählt habe. Nein! Triumphierend, Mai! Wie er dem netten neuen Freund beigebracht habe, den Namen eines französischen Käses auszusprechen – und ob mir in meinen vielen Jahren als Feuilletonjournalist möglicherweise ein Autor namens Marcel Bavian untergekommen sei. War er vielleicht ins Norwegische übersetzt worden? Nein, nicht?«
Mai sah zu Boden.
»Er kann sich verändert haben«, sagte sie. »Das alles ist vor langer Zeit passiert.«
»Glaubst du, dass sich Menschen verändern, Mai?«
Er erinnerte sich an den letzten Tag bei der Zeitung, von Angesicht zu Angesicht mit der bildschönen Praktikantin Dolores. Die Blicke. Das Lachen. Die Erniedrigung.
»Ich weiß nicht«, antwortete Mai. »Ich glaube schon. Ich habe mich verändert.«
»Habe ich mich verändert?«
Mai sah ihn an. Da war er wieder. Dieser Blick auf sein Gesicht. Und in ihrem Blick konnte er lesen, wie es um ihn stand. Er bat sie um einen Spiegel, und sie zog einen kleinen Spiegel aus der Handtasche, hielt ihn vor ihn hin.
Das Erste, was er sah, war die fahle Haut. Und dann:

Das Geschwür, das im Begriff war, seine ganze Wange zu zerfressen. Und sein gewohnt schiefes Gesicht, was daher rührte, dass er die eine Augenbraue weggezupft hatte und die andere buschig war.
Er sagte: »Ich verstehe nicht, was du in mir siehst. Ich bin hässlich und alt und werde bald sterben.«
»Aber du bist nun einmal mein Johan, und ich habe dich lieb.«
Ihre Stimme war sanft, überzeugend. Er sah sich immer noch an, legte den Kopf auf ihre Schulter. *Maj von Malö*, summte er, *schöne Maj, alle Wellen wollen dich liebkosen*. Sie streichelte ihm die Wange und entzog ihm vorsichtig den Spiegel. Sie rückte näher zu ihm heran und flüsterte: »Ich sehe, dass du leidest.«
Es war Zeit für ein anderes Gespräch. Er kannte den Tonfall in ihrer Stimme. *Ich sehe, dass du leidest*. Er ertrug es nicht. Er wollte nicht.
Er sagte: »Ja. Ab und zu schmerzt es. Es tut weh, sich nachts im Bett umzudrehen. Und der Kopf ... die Kopfschmerzen. Aber mir ist nicht mehr so übel. Das ist immerhin etwas.«
»Ich habe mit der Stationsärztin gesprochen. Emma Meyer.«
»Diejenige, die tanzt.«
Mai sah ihn verständnislos an.
»Wie meinst du das?«
»Ach, vergiss es!«
»Auf alle Fälle. Emma sagt ...«
»Emma«, Johan unterbrach sie. Er mochte die Verwendung des Vornamens nicht. Emma! Was war denn

das? Er schaute Mai an. Er wollte nicht, dass die Stationsärztin, die nun ebenfalls über sein Leben entschied, so … so einen *romanhaften* Namen hatte wie Emma und zu allem Überfluss noch eine Art Freundin von Mai war.

Sie korrigierte sich.

»Dr. Meyer sagt, dass die letzten Untersuchungen deine Kopfschmerzen erklären.«

Mehr brauchte sie nicht zu sagen.

»Ich dachte, die Kopfschmerzen kämen vom Wetterumschwung, es war so warm und feucht«, sagte Johan matt. »Aber jetzt fühle ich mich ein wenig besser. Ich habe nicht mehr so starke Kopfschmerzen wie letzte Woche.«

»Nein«, sagte Mai leise.

»Deshalb habe ich, wie gesagt, angenommen, es sei das Wetter gewesen oder die Strapazen der letzten Wochen, eine Art psychische Reaktion. Dass Stress Kopfschmerzen auslöst, wissen schließlich alle. Sogar Kinder haben heutzutage Spannungskopfschmerzen, ich habe gerade einen Artikel darüber in der Zeitung gelesen. Der Stress der Eltern überträgt sich auf die Kinder. Das ist ein großes Problem.«

Mai nickte.

»Aber Dr. Meyers Untersuchungen zeigen also etwas anderes«, sagte Johan und sah sie an.

Mai sagte: »Ich wollte es dir selbst sagen … Ich habe mir gedacht, dass du es von mir hören willst.«

»Mir wäre es eigentlich lieber gewesen, ich hätte es direkt von der Ärztin gehört«, sagte Johan schnippisch.

»Ich bin Ärztin!«
Jetzt schnappte Mai nach Luft.
Johan sah zu Boden.
Bedeutete es denn nichts, dass er jeden Tag kämpfte? Dass er bisweilen kurz davor war aufzugeben, okay. Aber dass er sich andere Male … dass er sich andere Male umsah und wusste, mich gibt es auch an diesen Tagen. Morgens wird es hell und abends dunkel, und mich gibt es im Licht wie in der Dunkelheit. Bedeutete das gar nichts? Dass es morgens hell wurde und abends dunkel, dass er diese Worte immer wieder vor sich hinsagte, wie eine Beschwörung, wie ein Beweis für … ja, wofür eigentlich? Er wusste es nicht recht. Aber es beruhigte ihn, wenn er es immer wieder aufsagte. Sag es tausend Mal. Sag: Morgens wird es hell und abends dunkel. Aber was bedeutete es für die anderen? Für Mai? Für die Grüngekleideten?
Sie fotografierten seinen Körper, fotografierten sein Allerinnerstes, steckten ihn in Maschinen mit Augen, die durch ihn hindurchsehen konnten – aber es waren trügerische Augen. Sie untersuchten die Organe, eins nach dem anderen, und beschlossen, dass dort und dort und dort das Problem lag. Und dieses »dort und dort und dort« bescherte ihnen alles, was sie über Johan Sletten wissen mussten.
Er schaute Mai an.
»Werde ich die Kontrolle verlieren?«
»Johan …«
»Werde ich die Kontrolle verlieren, verflucht noch mal?«

Mai antwortete nicht, sondern sah zu Boden. Sie schloss die Augen und massierte sich mit den Fingerkuppen die Stirn. Johan sagte:
»Ich will nicht, ich will nicht ein solch … nutzloses seniles Etwas werden.« Er hob die Stimme. »Tu was, Mai!« Er flehte sie an. »Tu was!«
Mai begegnete seinem Blick.
»Ich glaube, du hast Recht. Darüber solltest du mit Dr. Meyer sprechen. Es war nicht richtig von mir, es anzusprechen.«
Sie wollte ihn nicht anschauen, auch wenn er sie anstarrte. Wusste sie vielleicht, dass sie für ihn ein Spiegel war? Wusste sie, dass sie mit jeder noch so kleinen Grimasse, jeder einzelnen Bewegung, jedem Blick nicht nur verriet, was Dr. Meyer und sie besprochen hatten, sondern auch, was sie und Dr. Meyer daraus gefolgert hatten?
Es gab keinen Weg zurück. Alles war vorbei. Das war das Schlimmste. Und nach dem Schlimmsten – nichts. Ihm wurde schwindlig, er spürte, wie es im Brustkorb hämmerte, wie die Übelkeit nach oben drückte. Als er anfing zu weinen, legte Mai die Arme um ihn.
»Werde ich mich verändern? Verliere ich die Kontrolle?«
Mai sah zu Boden.
»Alle werden ihr Bestes für dich geben.«
»Ich gebe auch mein Bestes«, schluchzte Johan.
Er nahm ihre Hand und wiederholte: »Ich gebe auch mein Bestes, siehst du das nicht?«

Mai strich ihm über die Haare und flüsterte: »Ich sehe es, Johan. Ich sehe es.«
Sie hielt die Luft an, zögerte, bevor sie weitersprach und hinzufügte: »Und du brauchst nicht zu kämpfen, wenn du nicht mehr willst.«
»Nein?«
»Nein.«
»Versprichst du mir das?«
»Ich verspreche es. Aber ich muss wissen, ob du immer noch willst, dass ich mein Versprechen halte, das ich dir in Värmland gegeben habe.«
Johan entzog sich, fuhr sich mit einem Zipfel des Kopfkissens übers Gesicht.
»Darüber will ich jetzt nicht reden!«, zischte er. »Bei Gott, Mai! Setz mich nicht unter Druck!«
Mai sprach weiter: »Ich will dich nicht unter Druck setzen. Mein geliebter Johan. Das will ich nicht ... Es ist nur so, dass du ...« – Mai suchte nach den richtigen Worten – »... dass du plötzlich ... plötzlich nicht mehr imstande sein könntest, Entscheidungen zu fällen, die dich betreffen.«
»Na und?«, rief Johan.
»Ich will deinem Willen gehorchen«, flüsterte sie.
Mai stand auf. Das rote Kleid war aus einem schweren Stoff, sicher teuer. Ein neues und teures Kleid. Es stand ihr gut. Sie war hübsch heute, aber auch müde. Unendlich müde. Und dann wurde ihm plötzlich klar, dass für sie schon alles vorbei war. Die Entscheidung war gefallen. Sie hatten sich darauf verständigt, dass sie ihm helfen würde, wenn es unerträglich wurde. Und jetzt

wartete sie darauf, dass es unerträglich wurde. Aber wann? Er war nicht bereit. Er konnte immer noch sagen, dass es morgens hell und abends dunkel wird. Und diese Worte waren voller Würde. Aber sie? Für sie war das alles nur sinnloses Warten. Tag für Tag für Tag. Erst hinterher, nach seinem Tod, würde sie ihre Tage wieder mit Sinn füllen können. Mit Tränen und Erinnerungen und Trost und Versöhnung. Mit Leben. Sein Tod wäre eine – und wieder sah er Mais Gesicht vor sich, als sie die endgültige Entscheidung getroffen hatten – sein Tod wäre eine Erleichterung.

Johan schloss die Augen.

Mais Gesicht erinnerte ihn an etwas. Das war nicht weiter seltsam. Die Erinnerungen kamen jetzt ständig. Bilder. Scharfe, deutliche, detaillierte Bilder. Aber auch Geräusche, Gerüche, Gefühle. Ein weißer Nacken. Eine Stimme. Ein Zeigefinger. Eine Haarlocke. Wenn er die Kraft dazu hätte, würde er alles aufschreiben. Damit etwas zurückblieb. Etwas, das *er* war. Das nicht falsch verstanden werden konnte. Und jetzt, wo er Mais Gesicht vor sich sah, als sie damals die endgültige Entscheidung in Värmland getroffen hatten, erinnerte er sich daran, wie er zwischen Mutter und Schwester auf dem Sofa saß und der Vater im Bett hinter der geschlossenen blauen Tür brüllte. Er erinnerte sich an die Hände auf den Ohren und die Hände, die losließen. Die Geräusche in diesem Moment. Tiefe Atemzüge. Sonst nichts. Nur die tiefen Atemzüge der Mutter und der Schwester. Als wären sie allzu lange unter Wasser geblieben und wären end-

lich, als der Vater zum letzten Mal Luft holte, nach oben geschnellt und hätten die Lungen wieder mit Luft gefüllt.
Er schaute Mai an. Ihr müdes Gesicht, ihre Lippen, die Augen, die Ohrläppchen, rote Sterne, die an einem silbernen Faden baumelten. Sie öffnete den Mund, um etwas zu sagen, ließ es aber bleiben. Das Versprechen, das sie ihm in Värmland gegeben hatte. Oder das Versprechen, das er ihr gegeben hatte? Er war sich nicht länger sicher. Eine Vereinbarung war es auf alle Fälle, und schuldete er ihr nicht, dass es bald überstanden war? Das, was für sie nicht Zeit war, sondern Warten. Es konnte Wochen dauern, vielleicht Monate.
Ungewiss, wie lange es dauert, hatte Dr. Meyer gesagt, als er sich nach seinem Zustand erkundigt hatte. Das war es, dieses Ungewisse, was so unerträglich war. So gnadenlos. Auch wenn – hörst du, Mai! – auch wenn es morgens hell wird und abends dunkel.

Wie viele Tage waren seit dem Gespräch mit Mai in Värmland verstrichen? Wie lange war es her? Waren es Tage oder Wochen? Er hatte den Überblick verloren.

Johan starrte auf seinen Nachttisch. Das waren seine Sachen: eine Morphiumspritze, ein Kalender, der mittelmäßige Roman einer amerikanischen Autorin, die Mai bewunderte – und warum, dachte er, warum zwang er sich, jeden Tag eine Seite in diesem mittelmäßigen Roman zu lesen? Diesem verflucht schlechten Mistbuch, das nur Mai und Frauen wie Mai (er fragte sich einen Moment lang, was für Frauen das waren, aber verfolgte den Gedanken nicht weiter) mögen konnten. Es war vermutlich der letzte Roman, den er lesen würde, und dabei war er nur halbwegs gut oder halbwegs schlecht – das kam auf das Gleiche heraus – und in jeder Hinsicht bedeutungslos. Sein letzter Roman. Warum warf er ihn nicht auf den Boden, zerriss ihn, trampelte auf ihm herum, hüpfte darauf herum, spuckte auf ihn, schrie ihn – ja! – schrie ihn an, er solle zur Hölle fahren? Dass dieser Roman es wagte! Dass er es wagte, auf seinem Nachttisch zu liegen und der letzte Roman in seinem Leben zu sein. Das hier war die Zeit der Meisterwerke. So einfach war es. Jetzt sollte er sich in das Buch versenken, das er gelesen haben musste, bevor er sterben konnte, das erste, das letzte und einzige Meisterwerk. Johan dachte nach, holte tief Luft … *Macbeth* vielleicht? Oder *Krieg und Frieden*. *Absalom, Absalom!* Er sah wieder auf den Nachttisch. Andere Dinge: ein Kamm, ein Taschentuch, eine Uhr, ein Discman und ein Walkman. Zwei CDs und eine bedeutungsvolle Kassette: Mozarts *Zauberflöte* und Bachs Choräle auf CD. Eine Amateuraufnahme von einigen von Schumanns Liedern auf Kassette. Lieder, aber niemand, der sang. Nur Mai, die spielte. Johan erinnerte sich an ein Gespräch, das er mit Mai gehabt hatte, das Fragment eines Gesprächs eigentlich. Nichts, woran sie sich selbst erinnern würde. Es war etwas, was sie über

Schumann gesagt hatte, was er nicht vergessen konnte. Robert Schumann, der während einer Reise in die Niederlande 1854 erkrankte, nach Hause zurückkehren musste und in eine Irrenanstalt eingewiesen wurde, nicht nur von Syphilis übermannt, sondern auch von einer heftigen, begnadeten und berstenden Musik, die ihm nicht aus dem Kopf ging, was er auch tat. »Alles Gepolter und Getöse verwandelt sich in ihm zu Musik, und er behauptet, diese Musik sei so großartig und werde von Instrumenten gespielt, die so prächtig seien, dass man dergleichen auf Erden noch nicht gehört hat ... Robert leidet sehr«, schrieb seine Ehefrau Clara in ihr Tagebuch. Clara wurde geraten, sich von ihm fern zu halten, oder sie wollte nicht bei ihm sein. So verbrachte Schumann – in einer Heilanstalt in Endenich bei Bonn – die letzten zwei Jahre seines Lebens. Die Einzigen, die ihn besuchten, waren Johannes Brahms und sein Freund Joseph Joachim. Böse Zungen bezichtigten Clara später der Herzlosigkeit, da sie nicht bei ihm war, als er sie am meisten brauchte.

»Aber das wäre ich auch nicht gewesen«, rief Mai aus. »Weshalb sollte sie bei ihm sein? Es tat ja nur weh.« Und dann sagte sie das, was Johan nie vergessen hatte: »Schumann war nicht mehr Schumann!« Was wollte sie damit eigentlich sagen? Was willst du damit sagen, Mai? Johan fragte nie. Damals nicht, und auch jetzt nicht. Es waren nur Worte gewesen, die sie über einem Glas Wein von sich gegeben hatte, anschließend hatte sie sogleich über etwas anderes gesprochen. Aber, dachte Johan. War nicht Schumann auch Schumann, als er in der Heilanstalt war? War Schumann *nur* Schumann, wenn er Musik komponierte, die ihn und Clara und Mai und Johan und alle Menschen überleben würde? War er nicht auch Schumann, im höchsten Maße Schumann, als er in einer Heilanstalt in Endenich saß oder lag oder herumlief und nicht einen einzigen Ton herausbekommen konnte? Nur mit dieser Musik, die ihm nicht aus dem Kopf ging? »Ach, wenn ich Euch noch einmal sehen könnte«, schrieb er in seinem letzten Brief aus dem Krankenhaus, »noch einmal mit Euch reden könnte. Aber der Weg ist so weit.«

Lange Zeit strich Johan jeden einzelnen Tag im Kalender an. Er wollte wissen, ob es Montag oder Dienstag oder Mittwoch oder Donnerstag oder Freitag war. Er wollte wissen, ob es draußen warm oder kalt war. Der August war in Norwegen ein Sommer- und ein Herbstmonat zugleich, je nach Temperatur. Deshalb fragte er die Krankenschwestern jeden Tag, wie das Wetter sei.

Es war ein Donnerstag oder Freitag. Ganz sicher ein Donnerstag oder Freitag. Heute sollte Andreas kommen, zusammen mit seiner schwangeren Freundin Ellen. Das hatte Mai gestern verkündet, oder vielleicht vorgestern.

Johan hielt die Tage nicht länger auseinander, er hatte vergessen, sie anzustreichen. Es war warm oder kalt. Er hatte nicht gefragt. Das hatte er auch vergessen. Aber die netteste, jüngste und bei weitem hübscheste

Krankenschwester, die langhaarige blonde Malin, erzählte ihm, dass es draußen warm sei.
Diese Malin setzte sich nämlich auf seine Bettkante und erzählte ihm, es sei warm. Am Morgen habe sie drei Pullover übereinander gezogen, weil sie glaubte, es sei kalt. Aber dann, auf dem Weg zur Arbeit, erzählte sie, habe sie die Pullover wieder ausgezogen. Erst den einen, dann den zweiten und dann den dritten. Es war ganz einfach so warm, dass sie nicht mehr als einen dünnen Baumwollpulli brauchte.
Sie lächelte ihm zu. Die bei weitem hübscheste Krankenschwester in diesem Krankenhaus lächelte ihm zu. Und ihr Lachen war wie frisches kaltes Wasser. Davon wollte er trinken.
Johan lag im Bett und sah das Ganze vor sich. Ging sie zu Fuß zur Arbeit? Begann sie mitten auf einer Kreuzung, alle ihre Pullover auszuziehen? Oder nahm sie die Straßenbahn? Offenbarungen dieser Art ereigneten sich nie, wenn er Straßenbahn fuhr.
Es war also ein Donnerstag oder Freitag. Oder beides. Konnte es gleichzeitig Donnerstag und Freitag sein? Johan wandte sich an seinen Nachbarn hinter dem Paravent und rief.
»Hallo, Sie, welchen Tag haben wir heute?«
Er hörte, wie sich der andere bewegte, hörte, wie er die Worte *zu schrecklich, das ist zu schrecklich* murmelte. Johan räusperte sich.
»Entschuldigung«, flüsterte er. »Mein Sohn kommt. Ich wollte wissen, welchen Tag wir heute haben. Ich wollte nicht, dass er den Eindruck bekommt, ich sei

nicht ganz klar im Kopf. Verzeihen Sie mir. Ich habe Sie gestört.«
»Es ist Samstag«, murmelte der Nachbar.
»Danke.«
Der Mann hustete.
»Danke sehr«, wiederholte Johan.

Am gleichen Tag kam Andreas. Plötzlich stand er in der Tür und sah erstaunt aus. Johan versuchte sich aufzusetzen. Das Eitergeschwür war frisch bandagiert worden, um sie nicht zu erschrecken, wenn sie kamen. Malin hatte es besonders schön bandagiert, behauptete sie. Und jetzt stand er da. Sein Sohn.
»Dich habe ich seit acht Jahren nicht gesehen«, sagte Johan und ihm traten die Tränen in die Augen. Er wollte nicht, dass ihm die Tränen kamen. Tränen waren Theater. Schlechtes Theater.
Andreas nickte und trat ins Zimmer, gefolgt von Mai und einer jungen rothaarigen Frau, die ihm als die Freundin Ellen vorgestellt wurde. Der schwangere Bauch der Freundin wurde ebenfalls vorgestellt.
»Es ist ein Mädchen«, sagte Ellen. »Wir wissen, dass es ein Mädchen wird. Der Termin war gestern«, fuhr sie fort und lachte. »Ich laufe durch die Gegend und warte.« Sie wiegte ihren Körper hin und her. »Watschele und warte«, fügte sie hinzu.
»Ich auch«, sagte Johan leise. »Ich watschele nicht, aber ich warte auch, ebenso wie Sie.«
Sie schaute ihn an. Sie verstand nicht. Sie wollte er-

klären. So war Ellen, dachte er. Eine, die selten verstand, aber oft erklären wollte.
»Ich will sagen, dass ich das Kind gestern hätte zur Welt bringen sollen«, sagte sie. »Ich bin schon über der Zeit … das wollte ich sagen, als ich von watscheln und warten sprach.«
Johan nickte und sagte: »Ach, das haben Sie gemeint! Jetzt verstehe ich.«
Mai stand im Hintergrund und sah zu. Johan fand, dass es so aussah, als wollte sie nicht, dass ihr etwas entging, damit sie es bei einer späteren Gelegenheit im Detail wiedergeben könnte.

Die Ursache, ja. Die Ursache dafür, dass Vater und Sohn acht Jahre nicht miteinander gesprochen hatten, war unklar. Andreas hatte darum gebeten, Johans und Mais Ferienhaus in Värmland benutzen zu dürfen, und Johan hatte gesagt, dass es ihnen um diese Zeit nicht passte, was Andreas zur Kenntnis genommen hatte. Sie hatten ein paar Wochen später zusammen zu Abend gegessen, friedlich und einträchtig. Das mit dem Haus war kaum erwähnt worden, fast nur in einem Nebensatz, und alles war ungewöhnlich nett verlaufen. Später am Abend hatte Johan zu Mai gesagt, dass er gerne mehr Zeit mit seinem Sohn verbringen würde. Einen Monat nach dem Abendessen erhielt Johan von Andreas einen Brief. In diesem Brief stellte Andreas klar, dass er seinen Vater ebenso sehr verachtete, wie der Vater ihn immer schon verachtet hatte. Dass er nicht einmal das Ferienhaus

seines Vaters benutzen durfte, sei nur der Tropfen gewesen, der das Fass zum Überlaufen gebracht habe.
Johan schüttelte den Kopf. Der Brief verletzte ihn, aber er verstand ihn nicht. Das Ferienhaus wurde wegen eines Wasserschadens renoviert. Das hatte er doch gesagt. Nicht, dass er überhaupt eine Erklärung abgeben musste. Sein Sohn war erwachsen, es war also keine Selbstverständlichkeit, dass er jederzeit das Ferienhaus benutzen und Gott weiß was in Johans und Mais privatester Umgebung, inmitten ihrer höchst persönlichen Besitztümer anstellen konnte. Ja, aber ein Wasserschaden. Das musste doch sogar Andreas verstehen.
Ein paar Tage nachdem er den Brief erhalten hatte, bat er Mai, Andreas anzurufen. Sie war in solchen Dingen geschickter als er, meinte er.
Zu Mai sagte der Sohn: »Begreift Papa denn nicht, dass ich ihn aus meinem Leben gestrichen habe? Er existiert für mich nicht mehr.«
Doch jetzt saß er hier. Schmächtig wie sein Vater, aber mit dem Gesicht der Mutter. Und mit einer – jeden Moment – gebärenden Freundin. Johan wollte die Freundin fragen, ob auch sie die Erzählungen von Marcel Bavian gelesen hatte. Ha ha ha. Aber er ließ es bleiben. Versuchte vielmehr zu lächeln, auch wenn ihm die Anstrengung Schmerzen bescherte. Nicht die Heuchelei als solche. Sie war nicht die Ursache seiner Schmerzen. Es war die Bewegung. Die Lippen, die Augen, die Wangen, alles in einem Gesicht, was sich bewegen musste, um ein einigermaßen glaubwürdiges

Lächeln zustande zu bringen. Und der Kopf. Der Druck, der nicht nachließ. Der Druck, der nur noch schlimmer wurde, weil sie hier waren. Der Druck, der sich bei genauerem Hinspüren in psalmodierende Einsilbler verwandelte, schert-euch-raus-es-nützt-nichts-ich-kann-nicht-mehr-ich-will-dass-ihr-jetzt-geht-geht-geht.

»Ja, jetzt sitzen wir also hier«, sagte Andreas. »Wie geht es dir, Papa?«

»Es geht auf und ab«, sagte Johan und versuchte das mühsam erzeugte Lächeln aufrechtzuerhalten. Sein Gesicht drohte zu zerfallen, zu zerspringen, zu zerreißen, aufzugehen, wie das Geschwür auf seiner Wange. Es würden garantiert bald Dinge aus ihm herauslaufen. Er fummelte vorsichtig an der Morphiumspritze herum. Alle sahen es, aber es wurde nicht kommentiert.

»Acht Jahre«, sagte Johan.

»Ja«, sagte Andreas.

Die beiden Frauen, Mai und Ellen, saßen schweigend dabei und hörten zu.

»Acht Jahre«, sagte Johan noch einmal.

»Aber jetzt bist du krank«, sagte der Sohn aufrichtig, »und damit ändern sich die Dinge schließlich.«

Johan wollte fragen, was sich eigentlich änderte. War es so, dass der Sohn gekommen war, um ihm zu vergeben? Dann hätte er es lassen können. Versöhnung, hatte Mai gesagt. Nicht Vergebung. Johan hatte nichts getan, was vergeben werden müsste.

Johan wandte sich Andreas zu.

»Es war ein Wasserschaden!«

Der Sohn sah ihn verständnislos an.

»Was?«

»Es war ein Wasserschaden.«

»Ich verstehe nicht …«

»Das Ferienhaus. Du wolltest es benutzen. Und ich habe nein gesagt, weil es aufgrund eines Wasserschadens renoviert wurde. Irgendetwas an den Rohren im Bad. Eine Überschwemmung.«

Andreas sah zu Boden.

»Ach so.«

Johan schaute seinen Sohn an. War das nicht das, was er wollte? Genügte es noch nicht? Er war genau wie Alice. Schmollte jahrelang. Ließ nicht locker.

»Hättest du das nicht damals sagen können?«, fragte Andreas leise.

»Was denn?«

»Das mit dem Wasserschaden.«

Johan schloss die Augen. So war es, wenn man starb. Er öffnete die Augen wieder und schaute Mai an. War es das, was sie Versöhnung nannte? Diesen erbärmlichen kleinen Wortwechsel zwischen einem schmächtigen Vierzigjährigen und einem noch schmächtigeren Siebzigjährigen? Dieses alltägliche Geschwätz über einen Wasserschaden im Ferienhaus? Dieses stinkende, triviale Schmollen? Johan ließ den Blick zu Andreas wandern. Was hatte der Sohn an sich, dass man ihm am liebsten eine Ohrfeige verpasst hätte? Es war ein vertrauter Impuls. So war es seit Andreas' Kindheit. Dieses hilflose Amöbenkind, dessen Hände zitterten, das sich nie etwas traute und zu allem Überfluss noch ein Angeber war. So hatten ihn die Schulkameraden genannt. Angeber. Denn auch wenn er feige war, gab er mit sich an. Und log. Manche Kinder sind schlicht schwerer zu lieben als andere, hatte Alice gesagt. Und deshalb müssen wir uns noch mehr bemühen. Er ist unser Vogel, fügte sie hinzu.

Johan räusperte sich, nahm seine ganze Kraft zusammen und streckte dem Sohn die Hand hin.

Er war schließlich sein Vogel, und niemandes sonst.

»Andreas«, sagte er. »Setz dich hier zu mir.«

Der Sohn setzte sich. Johan strich ihm über die Haare.

»Kannst du mir verzeihen?«

»Was denn? Das mit dem Haus?«

»Ja, das auch. Aber dass ich nicht der Vater gewesen bin, den du gebraucht hättest. Kannst du mir das verzeihen?«

Andreas drehte sich zu Ellen und sah sie an, fragend. Sie nickte ihm zu. Andreas holte tief Luft und wandte sich wieder Johan zu.

»Das ist nicht nötig. Ich … Du hast nicht verstanden … Ich wollte nur …« Andreas unterbrach sich selbst, wie er es immer tat, aber dieses Mal, um dem Vater den Kopf auf die Schulter zu legen, tief Luft zu holen und zu weinen.

Als sie gehen wollten, schon in der Tür standen und ihm zum Abschied zuwinkten, fiel Ellen plötzlich etwas ein. Sie wühlte in ihrer Tasche und holte einen Fotoapparat heraus.

»Fast habe ich das Wichtigste vergessen!«, rief sie aus. Andreas wurde zurück an die Bettkante kommandiert. Er wurde aufgefordert, sich hinzusetzen und Johans Hand zu halten. Mai sollte stehen bleiben, möglichst fürsorglich im Hintergrund. Sie nahm die Kamera hoch, betrachtete das Bild durch die Linse, vergewisserte sich, dass alle gut aussahen, vor allem in dem gräulichen Nachmittagslicht, das durch das Fenster strömte. »So!«, sagte sie leise. »Jetzt haben wir für immer eine Erinnerung.«
Johan schaute sie an.
»Ellen«, sagte er. »Schick mir einen Abzug von dem Foto, bitte.«
Ellen nickte und sah hinüber zu Mai.
»Soll ich es hierher schicken oder zu euch nach Hause?«
Mai wollte gerade antworten, aber Johan war schneller.
»Schick es hierher ins Krankenhaus. An mich. Dann kann ich es mir abends vor dem Einschlafen anschauen.«
Ellen nickte noch einmal, zeigte aber auf ihren Bauch, um Folgendes zu erklären: »Es kann vielleicht etwas dauern, ich werde die Bilder wahrscheinlich erst nach der Geburt entwickeln lassen, glaube ich. Die Wehen können jetzt jederzeit einsetzen, aber sie werden erst zwei Wochen nach dem Termin mit einem Tropf eingeleitet.« Sie plapperte unbekümmert weiter. »Deshalb weiß ich nicht genau, wann ich sie schicken kann.«

»Jederzeit, meine Liebe«, unterbrach Johan. »Jederzeit. Und schick mir ruhig auch ein Bild von dem Baby.«
Ellen schaute Andreas an und lächelte, nickte eifrig.
»Ich will ein Foto von dem Moment, wo das Baby …«
Johan räusperte sich. »Ich will ein Foto haben von dem Moment, wo sich das Baby zu dir dreht und dich zum ersten Mal berührt. Kannst du mir davon ein Foto schicken, Ellen?«
Sie nickte wieder, auch wenn sie sogleich die Schwierigkeiten gesehen haben muss, gerade ein solches Bild zu machen.
»Ellen«, sagte Johan.
Die Schwangere sah ihn an.
Er nickte seinem Sohn zu, hielt aber Ellens offenen Blick fest.
»Bleib bei ihm!«, sagte er.
»Aber ja doch!«, sagte sie und drückte die Hand des Sohns. »Na klar.«

An den nächsten Tagen schrie er vor Schmerz. Aber es kann nicht sehr laut gewesen sein, denn niemand hörte es. Sein Kopf war kurz vorm Zerspringen. Er erinnerte sich an etwas, das Mai von Schumann erzählt hatte. Nämlich, dass Schumann, als ihm schwarz vor Augen wurde, ununterbrochen den Ton A hörte. Das war noch, bevor er von der ungeheuer schönen Musik heimgesucht wurde, die er weder aufschreiben noch spielen konnte. Tag und Nacht den Ton A. Unaufhörlich den Ton A. So erging es auch

Johan. Ein Summton im Kopf, der immer größer und größer wurde. Er hatte kein absolutes Gehör, aber es hörte sich an wie der Summton im Telefon, und der Summton ihm Telefon war ein A, das wussten alle. A wie Amor, A wie Arsen, A wie Angesicht, A wie Ananas, A wie Angst, A wie Abrakadabra, A wie Asche. A wie Mai!
»Hast du mich gerufen?« Ihre Stimme war ganz weit weg.
»Kannst du nichts tun?«, flehte er.
»Ich halte deine Hand. Spürst du das?«
»Aber kannst du denn nichts tun, Mai?«

Ein Augenblick der Verwirrung. Geplapper. Worte holterdipolter. Vor und zurück. He und ho. Sing, sing, sing! Mais Tränen. Weit weg ein Flüstern, nicht zu ihm, sondern zu jemand anderem. *Jetzt weiß er nicht mehr, was er sagt.*

Und ein Augenblick der Klarheit. Johan vor dem Spiegel an jenem Tag in Värmland. Dies ist mein … Leben. Dies ist mein … Leben. Und alles, was er vor sich sah, war ein langer, gerader Strich. Wie Mais langer Zopf. War das alles? Liebe Mai, war das alles? Kein einziger kleiner Bogen?
Das stimmte ihn nachdenklich. Er wollte einen Bogen haben. Morgens wird es hell und abends dunkel, und im Laufe des Tages dreht er sich um und sieht zum Himmel oder auf die Straße. Das spielt keine Rolle. Aber er dreht sich um. Das ist ein Bogen. Sich umzu-

drehen ist ein Bogen. Eine schöne, vollkommene Bewegung.
Morgens wird es hell und abends dunkel, und im Laufe des Tages dreht er sich um.
Genau so.
Jetzt konnte er schlafen. Das hatte er gemeint. Er brauchte sich nur umzudrehen, dann konnte er schlafen.

»Johan.«
Mai steht über ihm.
»Johan.«
Er öffnet die Augen und sieht sie an. Sie lächelt.
»Habe ich dich geweckt?«
Er schüttelt den Kopf.
»Ellen und Andreas haben eine Tochter bekommen. Dreieinhalb Kilo. Heute Morgen fünf nach sieben mit einem Kaiserschnitt erlöst. Mutter und Kind sind wohlauf. Das Mädchen soll Agnes heißen.«
»Nach Mutter?«, flüsterte er.
»Ja.«
»Gut«, flüsterte er und schlief wieder ein.

Neue Tage mit Geplapper. Erneut hat er sie mit einem der Grüngekleideten sprechen hören. *Er weiß nicht, was geschieht. Er ist ganz weg.* Erneut hat er gehört, dass sie weint. Mai weint und die Grüngekleideten trösten sie. Und er wollte rufen, nein! Ich bin nicht weg! Ich bin hier! Aber es tut weh und er schafft es nicht. Es kommen andere Laute aus seinem Mund.

Und eines Nachts kommt sie zu ihm. Es muss Nacht sein, denn er hat seit langem keinen Laut gehört. Sie setzt sich auf seine Bettkante.

»Johan«, sagt sie.

»Ja, Mai.«

»Johan«, sagt sie noch einmal.

Er glaubt nicht, dass sie ihn hört, deshalb öffnet er die Augen und sieht sie an.

»Es ist so weit … nicht wahr?«, fragt sie.

»Ich weiß nicht«, sagt er. »Ich liege hier und warte darauf, dass es hell wird. Hör zu: Morgens wird es hell und abends dunkel, und im Laufe des Tages drehe ich mich um. So einfach ist das.«

Er versucht zu lachen.

»Es ist eine Beschwörung. Es bedeutet nichts, aber es hilft, wenn man es sich viele Male aufsagt.«

Sie hört ihn nicht.

»Hörst du mich nicht, Mai?«

»Ich glaube, es ist so weit, Johan.«

Dieses Mal fragt sie nicht.

Aber ich sage doch … du hörst mich nicht.

»Ich kenne dich besser als jeder andere«, fährt sie fort.

»Ich weiß nicht«, sagt er.

»Und wir haben eine eigene Sprache, du und ich.«

Jetzt plappert Mai wahrhaftig, denkt er. Eine eigene Sprache! Hat man so was schon gehört. Nein, Mai. *Maj von Malö.* Eine eigene Sprache haben wir nicht, du und ich.

»Eine andere Sprache«, sagt sie.

Er starrt sie an.
»Und es ist so weit.«
»Nein«, sagt er. Aber sie hört ihn nicht.
»Nein«, wiederholt er. Nicht, Mai! Noch nicht! Bitte! Warte, bis es hell wird.
»Ich liebe dich«, flüstert sie und dann nimmt sie seine Hand in ihre, befeuchtet die Haut auf seinem Oberarm mit einem Wattebausch und verabreicht ihm die Spritze mit dem Schlafmittel. Sie sieht, dass er einschläft und dass er keine Schmerzen mehr hat. Dass es gut ist. Und dann gibt sie ihm die Spritze mit dem muskellähmenden Mittel *Curacit.* Sie wartet ab. So schnell und doch unmerklich. Keine Veränderung im Gesicht. Das Geschwür auf der Wange blutet leicht, das ist alles. Sie faltet die Hände und spricht ein Gebet, nicht, weil sie gläubig ist, und auch nicht, weil Johan es war, aber es scheint das Richtige zu sein in dem Moment.

Als sie das Zimmer verlässt und die Tür hinter sich schließt, holt sie etwas aus der Handtasche. Es ist ihr Handy. Sie wählt die Nummer der Stationsärztin Emma Meyer. Es ist keins dieser Gespräche, die man mit Entschuldigungen einleitet, dass man so spät anruft und das ganze Haus weckt. Auch wenn es spät ist. Sehr spät. Es ist nicht länger Nacht. Es ist Morgen. Bald wird es hell und Dr. Meyer lauscht dem, was Mai zu sagen hat. Dass sie bereit sei, sich bei der Polizei zu melden. Dass sie bereit sei, vor Gericht gestellt zu werden. Aber dass sie ihrem Gewissen gefolgt sei. Sie

habe ihrem Mann ein Versprechen gegeben, und das Versprechen habe sie gehalten.
Dr. Meyer sagt: »Er wäre ohnehin bald gestorben.«
Mai beginnt zu weinen.
»Ich werde es niemandem erzählen, Mai, wenn du es nicht tust.«
Mais Stimme, überrascht, zaghaft: »Das wirst du nicht tun?«
»Nein.«
»Warum nicht?«
Dr. Meyer wird still.
»Du hast Johans Wünsche befolgt. Du hast ihn gekannt, ich nicht. Und auch niemand sonst wird, sollte es herauskommen, es richtig finden, dich zu verurteilen.«
Mai hat nichts hinzuzufügen.
Dr. Meyer sagt: »Wenn du bleibst, wo du gerade bist, komme ich sofort. Du solltest eine Tasse Kaffee trinken und eine Scheibe Brot essen. Anschließend solltest du nach Hause gehen und dich schlafen legen. Und dann, in ein paar Stunden, kann der Tag beginnen.«
Mai nickt, wie kleine Kinder nicken, wenn sie telefonieren, nicht ahnend, dass der andere sie nicht sehen kann.
Dr. Meyers Stimme noch einmal: »Hast du gehört, was ich gesagt habe?«
»Ja.«
»Kein Wort, Mai. Es hilft nicht, zu erklären …«
»Nein.«

»Abgemacht?«
»Ja.«

Nach dem Telefonat geht Mai wieder zu Johan und setzt sich auf die Bettkante. Die Tür steht einen Spaltbreit offen, aus dem Flur fällt Licht herein. Er sieht aus wie immer. Sie nimmt seine Hand und küsst sie, aber die Hand ist kalt und sie lässt sie schnell los.
Sie sieht sich um.
Es hatte keinen Sinn, hierher zu kommen.
Was wollte sie eigentlich?
Wollte sie noch einmal mit ihm sprechen?
Wollte sie hören, dass er sagt, es sei gut, erlöst worden zu sein?
Sie steht auf und geht zur Tür.
Wäre er noch am Leben, würde er sagen: Ihre Schritte sind nicht schwer, aber sie ist müde. Unendlich müde. Wenn sie sich schlafen legt, ist sie müde, und wenn sie aufwacht, ist sie müde.
Mai dreht sich nicht um, als sie die Tür hinter sich schließt.
Es wird dunkel. Eine große Dunkelheit fällt über Johan Slettens Gesicht.
Er würde sagen: Und deine Haare, Mai, sind an diesem Morgen schöner als an allen anderen.